下町洋食バー高野

捨て猫のプリンアラモード

1
カレーライスだから美味しい、わけではない

必ず逃げ切ってやると郷子《きょうこ》は決めていた。

昨日の明け方、職場の寮を抜け出してからは立ち食い蕎麦《そば》を食べたきり、それ以外は何も食べていない。昨晩は知らない町の公園のベンチで一晩やりすごそうと横になっていたら、その一帯を根城にしている夜の女たち……といっても首が太く腕っぷしも強かったから、もしや女装した男だったのかもしれないが、べったり化粧を施した複数の女たちから因縁をつけられ髪をつかまれ、公園から引っ張り出されそうになった。

もちろん、その後は一目散に逃げた。

そうして線路沿いを一晩中歩き、歯を食いしばりながらここまでやって来たのだ。

雑草で切った足は傷だらけ、お腹《なか》はからっぽ。そんなこんなで気力が萎《な》え、駅前の大きな広場に着いたときは疲れ切ってピクリとも動けない状態だった。

列車に乗って群馬《ぐんま》の生家に戻るか否か——。

通路にまで乗客が鈴なりの超満員列車。それにゆられて半日、さらにバスに乗って半日すれば生家に着くのだが、そもそも支度金《したくきん》と引き換えに工場に売られた身なので、きょうだいの多いボロ家に帰っても、何で帰って来たおめぇはばかなことやってんじゃねぇぞと一方的に責められるに違いない。

東京へ集団就職に出たのは十五のとき、それからおよそ二年半。気持ちをかため、隙《すき》を狙《ねら》ってやっと職場から逃げ出すことができたのだ。

郷子の目の前をさまざまな人が通り過ぎてゆく。大きなトランクを両手に持った人、ぞろぞろと長い列をなす観光客、坊主頭の修学旅行生。しばらく惚《ほう》けたように群衆《ぐんしゅう》を眺めていたが、

「あっ」

と声をあげた郷子はすぐ横の床に置いてあった薄汚れた上着を手に取ると、頭からかぶり小さくなった。上着の端から覗《のぞ》く自分の足がブルブルと震えている。

「それ、おいらの上着」

隣に座っていた浮浪者が話しかけてきた。

「勝手にすみません。貸してください、お願いします」

郷子は懇願した。貸す義理はないと抵抗されたらどうしよう、と不安に思ったが、浮浪者はボサボサの頭髪を掻《か》きむしると、それ以上何も言わなかったので助かった。

人買い、人でなし、人身売買。

自分を奮い立たせるように、恐れている相手に向かって口の中で呪詛《じゅそ》を吐きながら、郷子は汗とほこりの臭《にお》いが充満ずる垢《あか》じみた上着の隙間から外の世界を覗いた。

群衆の中に、知っている二人の姿があった。

およそ二年半前、あの二人はこの場所——上野《うえの》駅に「いらっしゃい、よく来ましたね。疲れたでしょう」と愛想よく、郷子や他の少年少女たちを迎えに来たのだ。しかしその後は人が変わったように朝から晩までこちらを怒鳴《どな》りつけ、鬼のようにこき使ってきた。肌の浅黒い面長の背の高い女と、太った腹をベルトに乗せた脂ぎった男は、おとといまで郷子が働いていた工場の人事担当者と工場長だった。

「あの二人とどういうご関係?」

「私は従業員で、あの人たちは雇い主」

「へっ、逃げて来たのかい?」

けれど郷子は何も言えなかった。

足の震えが、身体《からだ》全体に広がってゆく。

つかまったら、説教部屋と呼ばれる二畳の部屋に閉じ込められ、食事や水を与えないなどの罰をくらい、「私は泥棒です」と書かれた札を一週間首から提《さ》げたまま仕事をさせられる。どんな理由であれ逃げるのは給料泥棒という意味らしい。この女は泥棒だ、笑ってやれと人事担当の女が言うと、子供たちは少しぽかんとしながらも、大人に調子を合わせるように笑っていた。そんな見せしめを何度か目撃したことがあるし、郷子自身も一度経験していた。だから心に決めたのだ、二度目はない。

「あんた、どっち方面から来たの？」

「……川崎《かわさき》」

「すると京浜《けいひん》工業地帯か。はっはぁ、ノガミまで追って来るとは向こうもたいした執念だ」

確かに執念深い。

郷子はあの二人に「どんくさい」とか「標準語を使え」とか「ごくつぶし」とかさんざん言われ、働かされてきたが、それなら彼らに郷子が必要ないかというとそうでもないらしく、上野駅まで追いかけて来た。

「あの人たち、言ってることとやってることが違う。信用できない」

「そりゃよくない、筋が通らないのは粋《いき》じゃない。外道のやり方だ」

あの二人、あまりいい顔つきじゃないねぇ、と続けた浮浪者が突然その場から立ち上がった。

驚いた郷子がつられて立ち上がったのと、「お嬢さん、ちょっといいかな」と声をかけられたのは同時だった。

わずかに頭を上げると、上着の端から工場長の太鼓腹が覗いている。

「悪いけど、顔を見せてくれるかな」

上着の端をつかんで強引にめくりあげようとしてきたので、後ろに身を引いた郷子は一、二の三で勢いをつけて工場長に体当たりし、一目散に駆け出した。

「あの子！　畠山《はたけやま》郷子じゃないのっ、転んでる場合じゃないよ！」

人事担当の女が叫んだが、上着をその場に投げ捨てた郷子は止まらずに走った。

旗を掲げたツアー客の集団に紛れ込む。ここまで来たのだから、つかまってなるものか。

どしどし身体をぶつけながらも、小さなバッグだけをぶら下げた郷子は逃げまくった。

めいっぱい息を吸い、キェエーッとヒステリックな声をあげると、迷惑そうな目を向けながら人が離れていく。そのほうが都合がいいので、あえて奇声を振り絞《しぼ》り、両腕をぐるぐる回し、大げさな動きと声でもって道をこじ開けるようにして進んだ。

「待った」

いきなり腕をつかまれた郷子は、ぐいと身体ごと引き戻される。

絶対に戻りたくない。パニック状態になりながら、さらに手足をめちゃくちゃに動かし抵抗していると、今度は背後からお下げ髪を強く引っ張られた。

「痛っ、何すんだおめぇ！」

「――黙れ」

振り返ると同時にお下げを放したのは、黒いワンピースを着た女だった。

女は郷子の身体を自分の後ろ——柱の陰——に押しやるようにしてその前に立つ。

「確かに人相が悪いこと」

さっきの浮浪者と似たようなことを囁《ささや》いて、少し先の二人をうかがっていた。

ならば味方だ、と郷子は直感を走らせると必死に頭を使った。今ここで助けてもらわなければ、また地獄のような日々に後戻りなのだ。

「助けてください、お願いします。私、逃げているんです、あの二人から！」

わずかに振り返った女は、郷子を観察するようにじっと見る。

だからこそ郷子は小声で訴えた。

「あんな大人が二人もそろって、十七の私を追って来るなんて変だと思いませんか」

いざ言葉にして初めて郷子は、あの二人に抱いていた違和感に、はっきりと触れたような気がした。子供に執着する大人は気味が悪い。

黒いワンピースの女は後ろでお団子状にまとめている髪に触れ、眉《まゆ》を寄せている。考え込むときに厚いくちびるが少しせり出す癖があるようだ。

が、その後の行動は早かった。有無を言わせぬ速さで女は郷子の隣に並び、その肩を自分の方に引き寄せると、そのままぐいと前に押し出した。

「このまま歩いて」

頷《うなず》いた郷子は女とともに歩を進める。

と、前から工場長と人事担当がやって来た。

恐怖で顔をひきつらせ、身をすくめた郷子の肩を、さらに引き寄せた女が囁く。

「まっすぐ進む」

仲のいい親子のごとく寄り添いながら例の二人をやり過ごすと、そのままさっさと足を進めていく。

「この先にリヤカーが停《と》まってるでしょ。どうする?」

郷子は何も言わずリヤカーに飛び乗った。その上から、バサッと大きなボロ布がかぶせられる。

「また面倒なものを拾ってきましたね、おかみさん」

頭上から落ち着いた男の声がした。

「でも、ロクさんが逃がしてやれって言うもんだから」

「へえ、ロクさんが」

意外そうにつぶやいた男はボロ布を少しまくってくる。短く刈った髪、眉と無精ひげに白いものが交じった、五十代半ばくらいの男だった。また布を戻すと続ける。

「ちょっとひねくれた顔つきだが、まだ子供だ。何かつらいことがあったんでしょう」

「ふふ、確かに。うちの料理長は優しいわね」

二人の話を布越しに聞きながら郷子は少し涙ぐんでしまった。そうだ、自分にはつらいことがあったのだ。面倒なのは、つらいことをつらいこととして受け取れない今の状況にある。

それにしてもおかみさんに料理長というと、何かの店をやっている人たちだろうか。客商売ならば、たくさん人を見ているだろうから、人相や雰囲気からだいたいのことはわかるのかもしれない。

「ねえ、どうしてあの二人から逃げていたの？」

おかみさんに聞かれたとき、ガタガタとリヤカーが動き出した。

「仕事が耐えられなくて……。二年半前に、集団就職で田舎から出てきたんです」

「それなら就職先から逃げて来たのか」

料理長と呼ばれた男から驚いたように言われ、たしなめられたような気がした郷子は、ボロ布をかぶったまま、ぐっと黙っていた。

集団就職から逃げた者は負け犬、親不孝者——そう言われるものと郷子は思い込んでいたし、実際世間の大半はそういう見方をするのだから、それ以上言い訳しても仕方がないと諦《あきら》めていた。

しかしリヤカーの上で伏せながら、世間から何と言われようとも、自分の味方にくらい、自分がなってやらなければどうするとも思う。それに自分を逃がしてくれるだけでもこの二人はありがたい。

ハッと気づいた郷子は腰を浮かし、ボロ布をわずかに押し上げて外を見た。

視線の先にはロクさんと呼ばれた浮浪者。その姿はすでに小さくなっていたが……彼がこの二人に伝えて自分を逃がしてくれたのだとしたら、恩人だ。ちゃんとお礼を言いたかった。けれど工場の二人組に見つかっては元も子もないので、郷子はまた布をかぶる。ロクさんに上着を返せなかったのが心残りだった。

布の密度が高くて息苦しい。冷たいものが腕に当たる。目をやると、同乗していた袋の中から血まみれの赤い骨が覗いていた。ひえっと叫んだが、その声は車輪の音にかき消されてしまう。

もう一度よく見ると、それは確かに肉のこびりついた骨だった。たぶん牛だろう。油紙の袋に入れられた牛骨の他《ほか》にも、野菜や魚などの食材料が郷子とともにゆれている。

「ビルや高速道路の工事が、あちこちで進んでいるみたいね」

頭上でおかみさんと呼ばれた女が言った。

「もう二年後ですから」

「オリンピックねえ、こっちはまったく相手にしてもらってないみたいだけど」

「地下鉄ができてからはさっぱりですね」

「いつも置いてけぼり、ますます陸の孤島になるってわけね」

「渋谷《しぶや》や新宿《しんじゅく》、銀座《ぎんざ》とは違いますから」

皮肉な笑いを交わしている。このへんの土地について話しているのだろうか。

今から向かうところが交通の便が悪い場所だというのなら、そのほうが工場の二人には見つかりにくいから、郷子にとっては都合がいい。それにしても頭上の二人は、この街が世間の流れから置いてけぼりであることを特別嫌がっている様子がない。

いったいどんな街なんだろう。郷子は布からひょいと顔を出した。

広い道をガラガラと音をたてながらリヤカーは進む。その横を路面電車や自家用車が通り抜け、自転車や歩行者も頻繁に行き来しているから、道の表面にはもうもうと土ぼこりが舞っていた。そしてなぜか道の両脇《りょうわき》に並んでいるのは仏壇屋と神具店ばかり。

「ここは、あの世への入り口ですか」

郷子が洩《も》らすと、わずかな沈黙のあと、はははと料理長が笑い、おかみさんも含み笑いをしていた。ぱらりと緊張がほどけたように。

「それなら今から向かう先は三途《さんず》の川のほとりってとこね」

四十前くらいに見えるおかみさんは薄い眉がしなやかで、どこか品がある。でもくちびるがぽってりしているところは色っぽい。

上野駅が見えなくなってからだいぶたった。もう大丈夫だろう。

郷子は荷台から降りると、リヤカーを引いていた料理長の隣にトコトコと並び、その梶《かじ》棒《ぼう》をつかんだ。

「あとは、私が引っ張ります」

瓦屋根《かわら》の載った朱色の門には、巨大なちょうちんが一つだけぶら下がっている。その大きさは手を広げて立った郷子の二倍以上はありそうだ。

「はあ、あれは何ですか？」

リヤカーを引きながら郷子が声をあげた。

「二年前にできた雷門《かみなりもん》。パリの凱旋門《がいせんもん》に見える？」

郷子に替わって荷台に乗っているおかみさんは、食材料とともにくつろいでいる。

「あんな立派な門ができるなんて、景気がいい街なんですねえ」

「逆よ。雷門ができたおかげで、やっといくらか景気がよくなったの」

料理長はのんびりした様子で、リヤカーの後ろからついてくる。

ぜえぜえと息を切らし、汗を流しながら一人でリヤカーを引いている郷子の左手に、四階建ての建物が見えてきた。建物の正面には、アーチ状の装飾が施された窓が三つ並んでいる。郷子はまるで外国映画を観《み》ているような気分になった。

「あの店の裏側につけて」とおかみさん。

店と呼ばれた建物を郷子は見上げながら、

「雷門と違ってこっちは洋風で、かっこいいお店ですね」

「ありがとう。でもかっこいいじゃなくて、モダンなお店と言ってほしいわ」

リヤカーを停めると、おかみさんは荷台からぴょんと飛び降りて店の裏口に入って行く。するとと入れ替わるように、四、五人の店員が出てきて、それぞれ牛骨などの入った木箱を抱えながらわらわらと戻っていった。すかさず郷子も一箱抱えて、その後を追う。

待て、と戻ってきたおかみさんに襟首《えりくび》をつかまれた。

「どうしてあなたが入って行こうとするの?」

「わ、私も仲間に入れてください。どうかどうか、お願いします」

箱を持ったままの郷子が手を合わせるような思いで必死に頭を下げると、駅でやっていたのと同じように、おかみさんは少し黙る。それから、仕方ないわねえ、厨房《ちゅうぼう》だけよと言って、裏口に招き入れてくれた。

おかみさん、料理長、木箱を抱えた郷子、と三人で暗い廊下をずんずん進む。ふいに明るくなった先は広い厨房だった。

いい香りがする。油で炒《いた》めているにんじん、じゅっと焼ける音を立てたお醤油《しょうゆ》、刻んだばかりのしょうが。下ごしらえの匂《にお》いがあちこちに立ちこめ、混ざり合っている。そして厨房の入り口に立っていた郷子の前を、調理用の白い上下の服を着た男や、配膳係《はいぜんがかり》らしき男女が忙しそうに通り過ぎていく。

「あんた、ずいぶん汚れた恰好《かっこう》してんのねぇ」

ふと足を止めた女に声をかけられ、郷子は反射的に答える。

「ええ、汚い恰好ですみません。女給さんですか」

「違うわ。うちの店に女給はいないの」

それなら何者なのだろう。ここは飲食店ではないのだろうか？

そんな郷子に向かって女は誇らしげに言う。

「私は女給じゃなくて、ウェイトレスよ」

女給とウェイトレス。いったい何が違うのだろう。けれど郷子は心身ともに余裕がないから、あまり深く考えられない。

「へえ、ここはとってもモダンなお店ですね」

「そう？　どうも」

白いブラウスに黒いスカート、小さなレースのエプロンを着けた女は怪訝《けげん》そうに郷子から木箱を受け取った。それから手持ちぶさたになった郷子は、壊れたロボットのように、すれ違う店の人たちに「モダンなお店ですね」と繰り返した。するとそのうちの一人が、「ちょっと、この子、足に怪我《けが》してるじゃないの。とし子さん！　おかみさん！」と声をあげた。

やはり、あの女《ひと》はこの店の主人なのか。

そう思ったとたんほっとして、郷子は目の前が一瞬真っ白になり、ふらりと足元がぐらついた。上野駅では立ち上がれないほど疲れ切っていたのに、火事場の馬鹿力でもってここまで逃げて、リヤカーを引っ張ってきたのだ。昨晩はほとんど寝ていない。もう体力の限界だった。

おかみさんことし子が、ふらつく郷子の身体を支える。

「膝《ひざ》からだいぶ血が出ているから、貧血じゃないでしょうか」

気づかないでここまで歩かせちゃったなぁ、と後悔するようにつぶやいた料理長は、いつの間にか調理用の白い上下の服に着替えていた。

厨房の片隅で椅子《いす》に座らされると、救急箱を用意したとし子が足の応急処置をしてくれた。昼前には開店するようで、彼女の背後では従業員たちが忙しそうに立ち働いている。料理長も入れて厨房に五人、ウェイトレスなどの配膳担当はざっと見た限り、六人ほど。けれど上の階でも足音がするから、他にも従業員はいるようだ。

「これを飲んで、ひとまず落ち着きなさい」

とし子から差し出されたコップの水を飲みほした郷子は、にへらと笑いを浮かべた。

何と甘い水だろう。ひとまず工場の人間から逃げおおせた、そんな安堵《あんど》がもたらす甘みと潤《うるお》いの味だった。しかしこの店の外に一歩出たら行き場がないから、油断はできない。

「ありがとうございます。ここはとっても素敵なお店ですね。モダンで、素敵なお店で、ええと……」

「また変なこと言ってる。さっきからモダンモダンって、この子、何度も言ってるんですよ。誰《だれ》から教わったんだか」

通りすがりにさっきのウェイトレスが言うと、肩をすくめたとし子は料理長と目を合わせた。

「名前は何て言うの？」

「畠山郷子です。どうぞキョーちゃんと呼んでください」

まあ、と、とし子が腹を立てたような顔をする。

「自分からあだ名を言うなんて、あつかましい子ねえ。上野駅でも必死にすがりついてきたのよ、そりゃもう瀕死《ひんし》の捨て猫みたいに」

「実際、捨て猫みたいな心境なんじゃありませんか。ほら、十年くらい前までノガミや仲見世《なかみせ》あたりにも、戦争孤児がうろうろしていたじゃないですか。汚い恰好で、確かこんな感じでしたよ」

「戦争孤児ねえ……」

思い出すようにつぶやいてから、とし子は咳払《せきばら》いした。

「料理長はずいぶんこの子の肩を持つのね。でも、自分からあだ名は何だとか言われると、こっちとしては『絶対にそんな名前で呼んでやるもんか』って気持ちになるじゃない。それよりキョーちゃん、何か食べる？」

すでに郷子はあだ名で呼ばれているのだった。

「いいんですか」

おどおどした雰囲気と、慎み深い様子を必死に演じながらも、実は郷子は、腹が減って仕方がなかった。昨日の朝から蕎麦しか食べていないのだ。

「さっきから腹の音が聞こえるぞ。もういいから、こっちに来い」

料理長はそう言って、厨房の片隅にパイプ椅子を置いてくれた。

「さあ、どんどん食え」

料理長が持って来たのは、ほかほかの真っ白なご飯と、まかないらしい花模様の絵がついた陶器の皿に入ったカレーだった。

濃厚なこげ茶色のルーは温かそうな湯気を放っている。

しかしカレーを目の当たりにした途端、唾液《だえき》でずるずるしていた郷子の口中は、たちまち砂漠のように乾ききってしまい、「うえっ」と、ついえずいてしまった。喉《のど》の奥が苦しくなって、目の前のテーブルがくるくると回り出し、涙でにじみ、カレーが遠くなる。

腹は変わらず減っている。

けれど胃袋から喉を通って出てきた心の手が、てのひらを前に突き出し「結構です」と拒絶しているようだった。

「すみません、カレーはあの、あの、すみません……」

涙ぐんだ目で郷子が見上げると、料理長はショックを受けたようだ。

「ええっ、まさかカレーが嫌いなのか。一日かけて煮込んだんだぞ！」

上野駅まで逃げて来たつらい行程に、カレーを煮込んでいる料理長の姿がだぶって見える。まさに一日、二十四時間。それまでダンディに決めていた料理長だが、まさか断られるとは思わなかったようで、郷子の斜め前に回り込むと、腰をかがめ身を乗り出してくる。

「カレーだぞカレー。昨年うちの洋食メニューを一新した際に、一年かけて開発した最新のカレーなんだ。だから、美味《お》しいぞう、美味《い》しいぞう」

目を見開くと、「美味しいぞう」とまた言ってくる。

気分の悪さが最高潮に達しようとしていた。そんな郷子の口中に、今度は酸っぱいつばが湧《わ》いてくる。ますますじわっと目もとが熱くなり、あふれそうな涙をこぼさないようにしながらも、郷子は料理長に申し訳ない気持ちでいっぱいだった。

しかし心と身体のバランスが悪いらしい。うめぼしを食べたときのように眉を下げ、顔をしかめるばかり。それでも何とかスプーンを手に取って、料理長ととし子の顔を交互に見上げた。けれど、わかりやすいほど手が震えている。

「もっと、さっぱりしたものがいいの？」

さすがに無理をしているのが伝わったのか、とし子が聞いた。郷子は質問に答えられず、すみませんと言うばかり。そして、意識が朦朧《もうろう》としてしまった。

パイプ椅子から崩れ落ちたところは、何となくおぼえている。

けれどカレーの残像が頭の中で蘇《よみがえ》るたびに吐き気がして、胃袋がピクピクと痙攣《けいれん》した。

頭皮がかたく緊張し、首と肩が異常にこっていた。

「すみません、カレーは食べたくありません、許してください」

倒れたあとは、口が勝手にそう繰り返していた。

空腹だが、食べたくない。

自分の中のカレーに対する葛藤《かっとう》が思いのほか大きいことを知って、郷子は慄《おのの》き、不安になった。

それから倒れていた郷子は誰かに背負われたと思ったら、彼女の身体は店を出て、群衆をかき分け、店の裏手の道をぐいぐい進んでいくのだった。飲食店の看板ばかりが並ぶ道を進み、ああ楽ちんと思う間もなく、二階建ての陰気なアパートの前に着いて、いちばん手前の部屋のドアががたんと開いて、その部屋の中に身を横たえられた。

古い畳の匂いがぷんとした。窓の桟の隙間から「銀座の恋の物語」が聞こえてくる。石原裕次郎《いしはらゆうじろう》の声は艶《つや》があってセクシーだが、ここは確か銀座ではないはずだ。銀座に浮浪者は似合わない。それに仏壇屋や神具店、三途の川のほとりなんていうたとえが、そもそも合っていない。

「大丈夫？　これ、使ったらいいよ」

小さな声とともに顔のそばに置かれたのは、朝顔のちりめん細工がついたヘアピンだった。青と紫色がかわいらしい。

ここまで運んでくれたのは、声の印象からすると男性で、親切な人のようだった。

しかし今、私に必要なのはそういうものではないのだ。

切実にそう思った郷子はブラウスのボタンを開け、内側に縫いつけておいたポケットから、震える手で紙幣を引っ張り出すと、服を脱ぎ始めたと勘違いしたらしく慌てて部屋から出て行こうとする黒い影に訴える。

「これ、お金……。どうかこれで、お医者を呼んでくれませんか。私、まだ死にたくないです……」

上野駅や仲見世にいた戦争孤児はその後どこへ行ったのだろう。

どうか生きていてほしい。そう思ったところで意識が完全に途絶えた。

医者は来たらしい。そして部屋には誰もいなくなったようだった。

また音楽が聞こえてくる。「黄昏《たそがれ》のビギン」だった。窓の外は夕陽《ゆうひ》が落ちて、部屋は濃い紫色の大気に染まり始めている。確か昼前には「銀座の恋の物語」が聞こえていた。すると気を失っている間に過ぎたのは五、六時間ほどだろうか……。

ハッ、と郷子は身体を起こした。

その身体を包んでいたのはつぎはぎだらけの古い布団。だが綿は打ったばかりらしく、ふっくらしている。胸もとに手をやると、ポケットの中にはさっきの紙幣があった。

起き上がると部屋を出た。薄暗い廊下は少しカビ臭い。今、郷子がいるのは、天井の低い古い木造アパートで、一階と二階に三室ずつ部屋がある。彼女自身が眠っていたのは一階の共同玄関の横にある、日当たりの悪そうな部屋だった。

隣室に人の気配を感じた。

しかしドアを叩《たた》いても誰も出てこない。「すみません」と郷子がしつこく叩き続けると、やっと出てきたのは髪の長いきれいな女性だった。

「一度叩けば聞こえてる。返事がないからって、自分の都合をこっちに押しつけるもんじゃないわ。田舎の子だからマナーってものを知らないのね」

あわわ、と慌てた郷子はすみませんでしたと潔く謝り、頭を下げた。

「あら、素直じゃない」

女は機嫌を直したのか、急に優しい口調になった。

「まるまる一日休んだんだから、すっきりしたんじゃない？」

「一日？　五、六時間の間違いじゃないんですか」

首を振った女は、くびれた腰に手を当てる。

「だいたい一日半。トイレにも行かないでよく寝ていたわよ。そりゃもう冬眠した熊《くま》みたいに。あなた、高野《たかの》バーのとし子さんに拾われたんですってね。観音側は今、景気がいいし、運が強いわね」

観音側とは何のことだろう？

郷子が首をひねっていると、女の後ろから突如ぬっと現れたのは、目が少しつり上がった二十代前半くらいの男だった。一瞬だけ郷子に視線を当てると、男は何も見なかったような風情《ふぜい》で目を離し、ドアの鍵《かぎ》を閉めた女のあとに、雪駄《せった》の金具を鳴らしながらついて行く。

「あの、どこへ行くんですか」

「職場に決まってるじゃない。私、今日は遅番なの。じゃあね」

女と、その後をついて行く男は、ネオンが光り始めた玄関の向こうへ消えてしまった。

職場と聞いて、忘れていた工場長と人事担当者の顔が郷子の脳裏《のうり》をかすめる。大丈夫、ちゃんと逃げ切ったはずだ。でもまだ油断はできない。もしも昨日の二人がまた追いかけてきたらどうしよう……。

そこで、コツコツとノックの音がした。

振り返った郷子の視線の先には、杖《つえ》を持った若い女の子が立っている。

お洒落《しゃれ》なワンピースを着て、六角形のめがねをかけた、おかっぱ頭の子だった。

「おはよう。もう夕方だけど」

薄い色つきレンズの表面がきらりと光る。変わっためがねのせいか大人っぽい印象を与えるのだが、声は少女のものらしく可憐《かれん》だった。

「あなた、昨日のお昼前からずーっと寝ていたのよ」

やはり五、六時間では済まないようで、日づけはすでに変わっているらしい。

「はい、おかげでよく眠れました。ところで、さっきの人たちと、あなたはいったい誰ですか?」

「さっきの女性は六区《ろっく》のストリッパー。男の人は芸人のケシゴムさん」

「えっ、ストリッパー」

郷子はつい声をあげてしまった。

「あの人、ストリップの踊り子さんですか。私、生まれて初めて本物を見ました!」

「ちょっと、大きな声をあげないで」

眉を寄せた女の子はよほど驚いたのか胸に手を当てた。すみませんと言って郷子が謝る。それにしても興奮してしまった。生で見たストリッパーは腰や足首がきれいにくびれていて、外国映画の女優みたいだった。

「でもストリッパーさんの私服は、意外と上品なんですね」

すると少女は怒ったのか、持っていた杖の先でドンと床を突いた。

「千里《ちさと》さんは松竹歌劇団《しょうちくかげきだん》の出身で日舞も踊れるのよ。この街のストリップは関西のストリップと違って、とにかくあそこを見せればいいっていう下品なものじゃないの。みんな挨《あい》拶《さつ》はきちっとするし、この街の芸を背負っている誇りがある」

はあ、と郷子は息を吐いた。こんなにかわいらしい子があそこを見せるなんて言っている。

「じゃあ、あの男の人はいったい……？」

「野暮なことを聞くもんじゃないって言いたいけど、田舎の子みたいだから教えてあげる。あの人は芸人兼、千里さんのお世話係よ。売れっ子の踊り子さんの衣装を出したり、幕間《まくあい》に短いコントをやったりするの」

郷子は男の目つきを思い出した。

二人が恋人同士かどうかは不明だが、さっき男の目には、なぜか、千里さんを利用してやるという卑屈さが隠れていたような気がしてならなかった。少女の言葉から推測するに、女のほうが売れっ子で、男は売れていない芸人だとしたら要するに……。

「もしかして、ヒモってことでしょうか」

「ヒモって何？」

めがねの少女は世間知らずなところがあるようだ。たぶん、働いたことがないのだろう。

郷子は集団就職先で、不幸な境遇を抱える女の子を何人も見たことがあった。

家族や故郷から遠く離れ、寂しい気持ちを持て余すあどけない少女たち。彼女たちの心の隙を見抜いたように、決まって男たちは近づいてくる。そうしてせっかく働いて得たお金をくだらない男に貢《みつ》いだ挙句、妊娠させられ、男には逃げられ、その果てに職場から消えていった十六、七の少女たち。

「ヒモっていうのは女の人にばかり稼がせて、貢がせる、ずるい男の人のことです」

「まさか……」

少女は考え込むようにぽかんと少しだけ口を開けている。

郷子には、少女の事情がだいたいわかってきた。小さな仕草や、色つきめがねに杖——たぶん目が不自由なのだろう。

「あの、ここはどこでしょうか」

郷子がたずねると、ハッとしたように少女は向き直る。

「ここはとし子さん……リヤカーに乗せてくれたでしょ？ あの人が大家をやっているアパートなの。場所は浅草《あさくさ》。私は今十六歳の高校生で、橋本小巻《はしもとこまき》っていうの。あなたも同じ高校生？」

「私は中学を出てすぐ東京に働きに来ていますから、高校には行ってません。名前は畠山郷子といいます。歳《とし》は十七」

「私よりお姉さんなのね」

「そんなえらそうなもんじゃないですけど」

郷子は苦笑いを浮かべた。けれどそれが見えていない小巻は、しゃきしゃきと話し続ける。

「私の家はお隣の墨田《すみだ》区で、お父さんとお母さんの三人で暮らしているの。でも私が生まれる前に、両親はこの街に住んでいたから、私も、この街が好きみたい。だからたまに遊びに来て、この部屋に住む千里さんや、街の人たちとお話するの。いろいろ勉強になるのよ」

手で壁をなぞるようにしながら郷子の前まで歩いて来た小巻は、ポケットから一枚の紙を取り出した。

「これ、お布団の料金ですって。自分で払いなさいって、とし子さんが言ってた。それで銭湯はここを出て右に行ったら一軒あるから、そこに行きなさいって。これもとし子さんから伝言」

浅草の、観音側にある「高野バー」のとし子さん。

自分を拾ってくれた女はそういう名称を持った人らしい。

浅草という街の名を郷子は聞いたことがあった。工場の同僚の女の子たちが観光目的で、確か浅草まで遠出したと言っていた。その際、映画館がたくさんある街と耳にしたような。

聞きたいことはまだあった。が、郷子はがまんできずに内腿《うちもも》をぶるりと震わせる。

「ええと、あの」

「どうしたの？」

「お手洗いはどこでしょうか」

急に身体が思い出したようだった。うふっ、と笑った小巻は少し顔を赤らめる。

「廊下の奥まで行って、外に出たところ」

ありがとうと言って郷子は頭を下げたが、小巻は下げなかった。見えないからだろう。すれ違うとき、めがねのレンズの隙間から小巻の瞳《ひとみ》が見えた。夜に見たあじさいに似た色をしている。

部屋にあった見知らぬ手ぬぐいを拝借し、郷子は銭湯へ向かった。

「一人、お願いします」

財布から硬貨を取り出すと、番台のおばさんはうんともすんとも言わず、手も差し出さず、

「そこに置いて」

とそれきりだった。

なんて愛想が悪いのだろう。

自分が田舎者だから、言葉の訛《なま》りとか態度とか、そのあたりを見抜かれてばかにされているのだろうか、と郷子は疑った。なぜなら工場では、工場長や人事担当者から上州弁《じょうしゅうべん》を

からかわれたからだ。それが嫌で、徹底的に訛りは矯正《きょうせい》したつもりだったが、その後も郷子をからかってくる大人の従業員はいた。

　しかし番台のおばさんはそれ以上は言わず、ラジオに聴き入っている。

入り口に積んであった湯桶《ゆおけ》を借り、持参した手ぬぐいを使って、郷子はお湯だけで身体と髪を洗った。しかし何だかものたりない。だからあたりをうかがいながら、湯船に浸《つ》かっていた見知らぬ人の石鹸《せっけん》をこっそり借りる。一瞬だけてのひらで勢いよく泡立て、すばやく石鹸は元に戻し、手の泡を身体中に広げてのばすようにして洗った。

湯に浸かるため怪我をしていた膝を折り曲げると、傷口が開いてズキンと痛んだ。血はすでに固まってかさぶたになりかけている。

　季節は九月、中旬に入り夜は少し冷え込むようになってきた。乾いた風が、天井近くの窓をかたかたと鳴らしている。一晩中眠らずに歩き続けたおとといの晩は、こんな温かい湯に入れるなんて想像もできなかった。この街がどんなところなのかはまだわからないが、自分の足でここまでやって来たのだ。諦めなければ何とかなる。

　いやいや、と、郷子は頭を振った。

　諦めたほうがいいことと、諦めてはいけないこと。この二つの境目を見極めるのが大事なのだ。絶対に工場には帰りたくない。自分を工場に送り込んだ群馬の親もとにもまた、帰りたくはない。悲しい話だが、親に愛されることを諦めなければいけない時期にさしかかっている。だが人生は諦めたくない。

風呂《ふろ》から上がって着替えていると、風で飛んできた枯れ葉が窓にぺたりと貼《は》りついた。その様は、こちらに向かって手を広げているようにも見える。

銭湯から出て行こうとしたとき、

「ちょっと」

と番台のおばさんから声をかけられ、郷子は飛び上がった。

勝手に石鹼を使ったことを言われるのだろうか。

怯《おび》えながら振り返ると、おばさんは番台の上から使い古した湯桶を押しつけてくる。

「これ、持ってないんだろ？　お客さんがずっと取りに来ないやつだから」

え、と郷子は声を洩らす。

「私が、もらっていいんですか」

おばさんは口を横に引き結んだまま頷いて、郷子が湯桶を受け取ると、またラジオの方を向いてしまった。

半乾きの前髪を昨日もらった朝顔のピンでとめる。

元気になったお礼をとし子に伝えなければ、と思った。郷子は暗くなった見知らぬ街を、昨日、自分を運んでくれた誰かの背中の上から見た景色を頼りに、うろうろと歩き始めた。

飲食店が多い街である。けれど少し外れると、民家の軒先が続くような通りに入る。路地と横丁が何本もはりめぐらされたこの街には、こんなふうに、商店と民家の生活がぴったりと背中合わせに根を張っているようだった。

と、たちまち人が増えて、わらわらと揉《も》まれながら向かった先は仲見世通り。おもちゃや和菓子、呉服、扇子《せんす》、靴など、さまざまな種類の店舗が左右にずらりと並んでいる。この先が浅草寺《せんそうじ》、そして逆方向の先が昨日見た雷門。案内表示にはそう書いてあった。

仲見世の見世というのは「店」のことなのかもしれない。この街は映画館だけではなくストリップ劇場もあるというのに、さらにお寺を中心にした門前町でもあるようだ。全部ごちゃまぜの娯楽の街——そんな印象を郷子は受けた。

途中立ち寄った街頭テレビの前には黒山のひとだかりができていた。画面の中では、男女の歌手や芸人がお笑いコントを繰り広げている。みんなが夢中になって見上げているから、なかなか道を進めなかった。

どの店の人も、郷子の目にはむすっとしているように映る。

機嫌が悪いのだろうかと気を遣いながらも、声をかけた。

「すみません、道を教えてもらえますか。高野バーというお店なんですが」

店員は、この先の隅田川《すみだがわ》のすぐ手前にあると丁寧に教えてくれた。

どうも不思議である。銭湯のおばさんといい、目前の店員といい、不親切そうに見えて実はそうでもないらしい。

「高野バーの店主のとし子さんは、奥二重の目がきれいな、品のあるモダンな女性ですよね」

イメージできる言葉を必死に並べると、そうだと頷いた店員はさらに教えてくれた。高野とし子は独身の女主人。店は創業者である祖父から譲り受けたもので、大正時代から続いており、東京大空襲で焼け残った数少ない鉄骨造りなのだという。

「空襲……。でも、今は街がきれいですね」

「ああ、なんせ十七年経《た》ったから。だが空襲のあとは本当に何もなかったよ」

店員の表情が暗くなる。だからそれ以上は聞かず、「ありがとうございました」と郷子は頭を下げた。店員はもう興味がないといったふうで、店の商品にはたきをかけている。

アパートで会った十六歳の小巻の両親は、かつてこの街——浅草に住んでいた。しかし今は違う街に住んでいる。その転居にはもしかして、空襲が関係しているのだろうか。よく眠ったせいか郷子は、自分でも驚くほど頭が冴《さ》えている。

そして、店員に言われた通りの場所に高野バーはあった。

昨日、とし子と料理長に連れて来てもらったのは、まさにこの店だったと思い出す。

洒落たレンガ造りの四階建て。二階部分には、アーチ状の装飾が施された窓が三つ並んでいる。入り口に立った郷子がライトに照らされた建物を見上げると、ローマ字で書かれた看板が目に入った。

裏口から入ったほうがいいだろうか。しかし正面の入り口に、店主である高野とし子の姿を見つけた郷子は、ついそのまま入ってしまった。

たちまち、わっと客の喧噪《けんそう》に包まれる。広い店内は温かい色の照明に満たされており、見渡す限り客、客、客の超満員。その熱気に圧倒され、郷子はあっという間にとし子の姿を見失ってしまった。

下は二十代から上は六十代、いや七十代かと思われる幅広い年齢の人たちが、ビールジョッキを片手に、つまみをどんどん口に運んでいる。客の大半は男性だが、女性もたまに混じっているのがおもしろい。テーブルに並ぶ肴《さかな》は冷《ひ》や奴《やっこ》や枝豆のような和食から、ソーセージ、ナポリタンといった洋食までさまざまだ。ビアホールという店の存在を郷子は聞いたことがあるけれど、もしやこんな感じなのだろうかと思った。

「ん、あれは何だ？」

郷子は思わず声をあげた。客のテーブルを見ているうちに気づいたのだが、皆、ビールだけを飲んでいるのではなく……ビールジョッキの横に小さなグラスがあって、それは琥《こ》珀《はく》色の液体で満たされている。大半の客はその謎《なぞ》の液体とビールを交互に飲んだり、単体で飲んだりしているようだった。

もしかしてあれは、非合法の、闇酒《やみざけ》のたぐいではないだろうか？　仏壇屋と神具店ばかりが建ち並ぶ道の先にある門前町、浮浪者、映画の街、三途の川のほとり……。そんな場所に集まる人たちが飲んでいるのはきっと、怪しい飲みものに違いない。

さまざまな妄想を抱きながら、たばこの煙がもうもうと沸き立つ中を郷子は進んだ。好奇心の入り交じった妄想は、見知らぬ都会の店の、大人たちのまっただ中にいる自分——という孤独を忘れさせてくれるのに充分だった。

とし子の姿をふたたび見つけた。

奥のバーカウンターでビールをついだり、カクテルを作ったりしている。たぶん、とし子の背後に見える壁の向こう側に、昨日入った厨房があるのだろう。

白い優雅なブラウスに黒のロングスカート。そんな出《い》で立《た》ちのとし子は忙しそうだが、どことなくけだるい雰囲気が漂う。それが彼女の持ち味なのかもしれない。

「おかみさん、文化ブラン一つ」

その声に、とし子はうんともすんとも言わずに酒を作り続けている。今は応えられないという意思表示だろうか。不愛想な印象は、銭湯のおばさんや、仲見世の店員とよく似ている。そして酒を出す店なのだから、客は乱暴な荒くれものばかりなのだろうと郷子は想像していたのだが、意外と皆おとなしく、注文の仕方が丁寧なのだった。そんな客に対し、とし子は必要以上にへりくだったり媚《こ》びたりはしない。けれど店は混雑しているから、店員を探すように首を伸ばしている客の姿が、ちらほらと目についた。

「運びます」

思わずバーカウンターに駆け寄った郷子は湯桶を置いて、お盆を手に取り、とし子のついだ酒を客のもとに運び始めた。

しかし酒一つ運ぶのも難しい。文化ブランと呼ばれる琥珀色の酒は、細くて小さなラッパ型のグラスに入っているせいか、身体がゆれるたびに少しこぼれる。

「お嬢ちゃんにはまだ、早いんじゃないのか」

酔っ払いの一言で周りの客がどっと笑った。

恥ずかしくなった郷子がお盆を持ったまま立ちすくむと、彼女の隣にさっと立ったのはとし子だった。

「うちはからかっていい店員なんて一人もいませんよ。そんなことをしたいだけなら、別の店に行ってくださいな」

とし子がぴしゃりと言い放った。

酔っ払いは蛇ににらまれたように首をすくめ、困ったような笑いを浮かべている。その周りの客たちは何もなかったようにグラスを持ったり、箸《はし》を使ったり。

おお、と郷子は感激した。独身の女主人と呼ばれていたが——とし子からは寂しい匂いが一切しない。それどころか堂々としたものだった。そういえば、店にはお酌をする女給が見当たらない。昨日、厨房で話した女が「私は女給じゃなくて、ウェイトレスよ」と言っていたのはこういうことなのだろうか。

「もう起きて大丈夫なの？」

とし子に聞かれ、はい、と郷子は頷いた。

「それならお盆は少しだけ、上下に動かしながら持ってみて。それでグラスの横ゆれは安定するから。あとは慣《な》れ」

言われた通りにやると確かにゆれはおさまった。白いシャツやブラウスに黒いズボンやスカートを穿《は》いた店員たちは、客の間にあるわずかな隙間をするすると、かいくぐるようにして料理や酒を運んでいる。つんとすましたように前を見て、下を向いたりはしない。必要なことだけをきっちりやって、それ以上のことはしない。

郷子はこの店が少し好きになった。

店を手伝って一時間ほど経つと、混雑する時間を過ぎたのか、だいぶ客が引いた。

「ありがとうございました。お医者も手配してもらったおかげで、よくなりました。これ、お布団のお金と診察代です」

店の片隅で疲れたようにたばこを吸っていたとし子に、これくらいだろうかという金額を渡そうとしたら、惚けた様子ながらも、とし子は布団の代金だけを受け取った。

「逃げないで、ちゃんと渡しに来たのね」

郷子は曖昧《あいまい》な笑いを浮かべるしかなかった。

逃げても帰る場所などないのだ。逃亡の日に合わせてへそくりを貯《た》めておいてよかった。

「あら、何だか……げっそりしたんじゃない？」

とし子は今さら気づいたように郷子の顔をじっと見る。

「ご飯を食べてないので。あの、ここで食べさせてもらえませんか。カレーライス一つ」

テーブルに百二十円を置くと、とし子が眉をひそめた。

「まさか、倒れたときから何も食べてないの？」

こくりと郷子は頷いた。

「どうして食べて来ないの。二日も食べていない子を平気で働かせたなんて、店主の名がすたるわ。ちょっと」

何か言いながら慌てて厨房の方へ行ってしまった。

「あの、おかみさん……」

テーブルにはお金が残ったままなので、郷子がそう言いかけたところで、トントンと背中を叩く人がいた。

振り返ると、背後にあるのは杖の持ち手で――今日、アパートで会った橋本小巻が、杖の柄を使って郷子の背中をつついたようだった。

小巻はてのひらでそろそろと椅子のかたちを探るようにしながら近くの席に腰掛けると、正面を向いたまま「座ったら？」と促す。

「キョーちゃんが食事をするなら、私も食べて行こうかしら。カレーライスって、とってもハイカラで美味しいわよね。カレーが好きなの？」

キョーちゃんという呼び名は、とし子から聞いたのだろうか。いつの間にかそう呼ばれている郷子は、はあ、まあ、と曖昧に笑った。昨日この店に来たとき、カレーを食べられなかったことを思い出し、申し訳ないと思っていた。だから今日は再挑戦してみようと同じものを頼んだのだけれど……。

「ええと、好きというか、カレーについてはいろいろあって……」

小巻の正面に座り言葉を濁していると、小巻はイライラしたのか、机の上を指で叩いた。はっきり言わず、声色だけで察してくれという態度に苛立《いらだ》ちを感じたのかもしれない。

しかしそんな場に、どしどしと乱暴な歩き方でやって来たのは料理長だった。

その後ろを、やれやれといった表情のとし子がついてくる。

「おい、戦争孤児みたいな娘」

料理長はびしりと郷子の顔に指先を向けた。

「戦争孤児じゃなくて、集団就職の逃亡組です」

「どっちでもいい。腹が減っていたくせに、昨日おまえはうちのカレーを食えないって言ったんだぞ。それなのにまたカレーを頼むとは、いい根性をしているなあ」

黙って聞いていたとし子がこめかみに血管を浮かべると、ええっ、と声を荒らげた。

「戦争孤児でも集団就職でも、どっちでもいいなんて、そんなのはよくありませんよ。そこははっきりさせないと」

いや、おかみさんはとりあえず黙っててください、と料理長が抑えるように言った。

「俺がどれだけの思いであのカレーを開発したのか……一日前から野菜を炒めて、じっくり煮込んだ牛骨スープとあわせて作ったのか、小娘、おまえはわかっているのか？」

「えっ、そんなに時間がかかるなんて知らなかった。それより私ね、気になっていることがあるの」

と、小巻が急に話に入ってくる。

「キョーちゃんって本当に集団就職から逃げてきた子なの？　実は田舎者のふりをした巧妙な詐欺師ってこともあるんじゃない？」

小巻は想像力豊かな子のようだ。

「どうしてそう思ったの？」と郷子が驚いて聞いた。

「だって実際のことはキョーちゃん本人にしかわからないじゃない。キョーちゃんは上野で、追っ手から逃げていたんでしょ？　それだって本当は、キョーちゃんに騙《だま》された人たちが追って来ただけかもしれないじゃない。そうじゃなかったら、キョーちゃんみたいな私とたいして歳も変わらないような、しかも田舎っぽい子を、大人が二人がかりで追う必要なんてある？　その二人がキョーちゃんに騙されたって、よっぽど腹を立てていたからそんなことを……」

「だから、詐欺師みたいなことをやってるのは追っ手の二人。キョーちゃんは被害者なのよ。大人が必死になって子供を追っかけるなんて、おかしいでしょ？　集団就職する子供たちが華々しく列車に乗って見送られる姿なんて、出征していく若者にそっくりだったじゃない。キョーちゃんみたいな子供たちは、安い賃金と引き換えに、大事な時間と可能性を搾取《さくしゅ》されているだけなのよ」

ぴしゃりとし子が言うと、小巻は口を開けたまま動きを止めた。

被害者、搾取。

郷子は心臓がぎゅっと痛くなった。それから喉が詰まって、冷や汗が湧いてくる。

私は多額の支度金を受け取った親から、川崎の会社に売られて東京にやって来た。そう、親や大人からひどい目にあったのだ。「人でなし、人身売買」という郷子の呪詛は、工場の人間だけではなく、血の繋《つな》がった自身の親に対して向けられる言葉でもあるのだった。

気分が悪くなってきた。

「や、大丈夫か、顔色が悪いぞ」

慌てた料理長が心配そうに声をかけた。何かつらいことがあったんでしょう。リヤカーに乗ったとき、彼がかばってくれたのを思い出す。

「あの、昨日、カレーライスを出してもらったときは、変な態度をとってしまってすみませんでした。今日は誤解を解きたくて……ちゃんと自分で話します」

郷子は立っているとし子、料理長、小巻、と、順番に視線を送ると話し始めた。

群馬を出るまでは、カレーライスなんてご馳走《ちそう》を食べたことはなかったのだ。しかし集団就職先の寮で、生まれて初めてカレーを食べたとき、あまりにも不味《まず》かったので衝撃を受けた。

工場の仕事は早朝五時から午後一時半までのA勤務と、午後一時半から夜十時までのB勤務。その二交代制で、機械の部品を取りつけたり、出荷前の商品の検査をしたりという単純作業ばかりだった。だがそれが、休憩の三十分をのぞいた八時間ずっと続く。さらに仕事をしている間は、重たい機械が上下に打ち合う音が延々と響いているから、騒音に二交代勤務の不安定さが加わって、半年もしないうちに郷子は睡眠不足に悩まされるようになった。

体調を崩す者は他にもいて、入社時は六十人以上いた少女たちの半分が、一年で辞めた。二年を過ぎた頃《ころ》には、三分の一の二十人弱しか残っていないような状態だった。

「この話は嘘《うそ》じゃない。だってキョーちゃんの指、ところどころゴツゴツしてるもん。これってその工場でできたタコよね」

小巻は郷子の指を手でまさぐってくる。

うん、とつぶやいた郷子は小巻の手の感触を味わった。自分の指とは違う、まさに白魚のようなきれいな手だった。

工場を辞めて帰っても、受け入れてくれる親がいる子はいい。けれど郷子のように、親が会社から支度金を受け取っている場合は、借金を背負わされているのと同じである。

働いて二年が過ぎた頃、郷子はもう心身ともに限界だった。

目の下に隈《くま》を浮かべ、慢性的な疲労と睡眠不足で、意識が飛びそうになりながらも向かった寮の食堂――せめてそこでとる食事が少しでも救いになればよかったのだが、残念ながらカレーはまったく美味しいとは感じられなかった。

硬くて青臭いにんじん、ざりざりした歯触りの玉ねぎ、たまに小麦粉がだまになって、ねばっと口にひっかかる変に黄色いカレールー。ご飯はおかゆのように柔らかい。噛《か》むと芯《しん》が残っていたから、生煮えだったのだろう。カレーに載っているメンチカツはいつも黒く焦げていた。なのに箸で割ると中の肉が赤い色をしていて、気持ちが悪い。しかも油臭い。

「どうして疲れて帰って来たところに、こんな不味いものを食べないといけないのか……。そう思ったら私は、我慢ができなくなりました。戦時中はご飯なんてまともに食べられなかったんだ、おまえは贅沢《ぜいたく》だって言われたりもしましたが、それでも私は構いません。あのカレーは食べものなんかじゃない。あれは、つまり、家畜の餌《えさ》と同じです」

餌、と、とし子と小巻と料理長がそれぞれがっかりしたように口にした。

「寮の食事は、カレー以外も全部餌みたいなものでした。その中でもカレーは特にひどかった。食べた翌日、お腹を壊したことが何度かありました。古い油を使っているとか、肉や野菜が生だったからかもしれません。だから私……」

目をすがめた郷子は、テーブルの上の手をぎゅっと固く握る。

「いったい誰があんなカレーを作っているんだろうと思って、一度、離れにある調理場を覗いたことがあるんです。自分の仕事と関係ない場所をうろついているのが見つかったら、怒られます。それでも知りたいと思いました。そうしたら……よれよれの汚らしいおばあさんが一人で調理場に入っていくのが見えました。おばあさんはめんどくさそうに野菜を切って、皮はむかないで、カレーは五分も煮込まずに作っているようでした。メンチカツは真っ黒な油に入れて、三十秒もしないうちに引き上げられていて、途中、箸がすべって床に落としたカツも平気でまた油に入れて……。中は結局、何の肉なのかわかりませんでした」

うっ、と洩らした小巻が口もとに白いハンケチを当てた。得体の知れない肉に反応したようだ。目の前の三人から目をそらした郷子は続ける。

「おばあさんは調理前に手も洗いませんでした。喉の調子が悪いのか、ずっと喉をごろごろガラガラさせていて、喉が詰まると床に向かって……これ以上は言いませんが、とにかく料理を作っているというより『餌の用意をしてやっているんだ』という感じしかしませんでした。しかもその横着なおばあさんに、たまに命令されて手伝っていたのが、私より少し若い、中学を出たばかりの二人の子供でした。そんな子たちを上から怒鳴ってこき使って、準備された材料をイライラしながら、とにかく口に入る大きさに切って混ぜ合わせているだけで……」

「ああ、もういい」

と、料理長がしびれを切らしたように話を止めた。

「わかったよ。おまえがカレーで嫌な思いをしたっていうのは、よぅくわかった。別に無理に食べなくてもいい」

そう言い切ったうえで眉間《みけん》に皺《しわ》を刻み、少し寂しそうに言う。

「俺はさ、料理を利用して自分のエゴを押しつけるなんて、したくない。たぶんそのばあさんは、自分の人生に満足しないことがたくさんあるんだろ。だから食いものに恨みと怨《おん》念《ねん》を込めて、八つ当たりしているんだ。そんなふうに作られた料理がうまいわけがない。そんなもん、食わされるほうが気の毒だ」

料理長は少し考えるように腕を組んでいたが、

「まあいいや。別のもんを持って来てやる」

と言って、こちらに背を向けて行ってしまった。

「料理長のお父さんってガンコ親父でね、小さい頃、食べたくないものを身体にいいからって、無理矢理食べさせようとするような人だったんですって。それで拒否すると、殴られたって言ってたような」

とし子が囁いた。

「どうしてそんなひどい仕打ちをするの？　私、お母さんから嫌なものを食べさせられたことなんてないから、わからない」

と、小巻は首を傾《かし》げている。

慌てて立ち上がった郷子は、厨房に入っていくところだった料理長を追いかけ、後ろから呼び止める。

「まだ話が途中なんです。すみません、もうちょっと聞いてください！」

何だよ、と、面倒そうに料理長が振り向いた。

自分は食事の思い出が、つらい労働と重なって、辛辣《しんらつ》すぎるのかもしれない。日本一と言ってもいいほど不味いカレーを経験したからこそ、郷子は伝えたいことがあった。

「あの、話が遠回りになったんですけど、私、よく考えたらカレーが嫌いなわけではないんです。だって寮のカレーしか食べたことがないから。でも今日は、ただのカレーじゃなくて、このお店の、高野バーのカレーが食べたいと思って来たんです」

白い米は一粒ひとつぶがしゃっきりと立っていて、ほんのり甘い香りがする。

ご飯に向かって郷子が鼻を動かしていると、

「おい、普通はメシよりルーのほうに反応するだろう」

と料理長が言った。そんな彼をまあまあ、ととし子がなだめている。

小さなお玉でルーをすくうと、一口分だけご飯にかけた。とろりと濃厚なルーからはスパイスの複雑な香りが漂ってくる。よく火が通っているせいか、牛肉はわずかに繊維を残してルーと一体となり、野菜もしっかり溶け込んでいるようだった。

そこをスプーンでざっくりすくって口に入れる。熱いのを落ち着かせるように、ゆっくり咀嚼《そしゃく》する。伝わってくるのは牛肉の旨味《うまみ》、心地よいスパイスの刺激、最後にすんと鼻を通るのはバターの風味。飲み込んだあとは喉と胃がピリピリと刺激され、目が覚めるようだ。

「どうだ？」

少し緊張した声で料理長が聞いてきた。

食べることにどっぷり没頭していた郷子は、ハッと目を見開き、お下げ髪がぴょいと二本飛び跳ねるほどの勢いで顔を上げた。

「美味しいです！」

客のグラスを片づけ始めていたとし子が、やれやれといった表情でこちらを見る。

「私が今まで食べていたのはカレーなんかじゃない。それがよくわかりました。今私が食べているのが、本物のカレーライスなんだと思います！」

「うわあ、急に元気になったたな。いいから黙って食え」

照れ隠しなのか料理長は怒ったように言うと、「もう俺は帰る」と背中を向けて、厨房に戻って行ってしまった。

「何だか私のより、キョーちゃんのほうが美味しそうな匂いがする。本当に同じカレーなの？　ねえ、キョーちゃんのカレーのほうがお肉が多いんじゃない？　ルーに何か加えた？　ちょっと、そっちも一口食べさせてっ」

あーんと正面から無防備に口を開ける小巻は、まるで池の鯉《こい》のようだ。あげないと言って、郷子はガツガツとカレーを頬張《ほおば》り、頭の隅で過去の自分を振り返る。

私は間違っていた。ちゃんと眠って、心の感受性を回復させて、元気になって食べたカレーはこんなに美味しいのだ。嫌な思いをしたからといって、カレーにしても何にしても、自分の中の可能性を閉じてしまうのはもったいない。

食事が終わった頃、母親が迎えに来た小巻は、帰る前に郷子のそばに寄ってきた。

「不味いカレーの話、本当に不味そうでびっくりしちゃった。ねえ、この先もこの街にいるわよね。また私にいろいろ話して聞かせてくれない？　キョーちゃんが見えているものについて教えてほしいの。お願い」

握手を求めた小巻は、郷子の指の硬くなったところを名残惜《なごり》しそうに触っていた。

そのあと郷子は店の片づけを手伝った。途中でお手洗いに行くふりをして、廊下からこっそり厨房を覗いてみると、怖いほど真剣な表情をした料理長が、明日の料理の下ごしらえをしている。考え込むように腕を組んで、ふと味見し、調味料を加え、それからまた味見。じっと目をこらしてから、「よし」と一つ頷いていた。彼の周りの調理用具はもちろん、床も壁もきれいに磨かれて、ピカピカだった。

閉店後、郷子はとし子に散歩に誘われた。

店のすぐ近くを流れている隅田川の上空には夜空が広がり、星が瞬いている。

川べりまで降りて行くと、月明りに照らされた川の表面には薄い膜が張っている。流れにあわせて、膜はぬらぬらと七色に光り、胸が悪くなるような臭いがした。

「上流の工場から流れて来る排水のせいで、こうなっているの。そこの工場もあなたと同じような子を何人も雇っているみたい。でも戦時中は工場が燃えたから、もっと透き通って、きれいだったのよ。はぜ、ぼら、うなぎ。いろんな魚が泳いでいるのが見えたくらい」

しかし今はにごって、鼻をつまみたくなるような臭いを放っている。

「今日も話したけど、この街にはいろんな子供たちが流れてきたの。吉原《よしわら》の遊郭《ゆうかく》に身売りされた女の子、戦争で家族を全員亡くしてしまった子」

川に反射した光がとし子の顔に映り込み、ゆれている。

ああ、もしかしたらと郷子は思った。だからとし子は上野駅にいた自分を助けてくれたのだろうか。彼女が抱く、子供たちへの追憶に自分は助けられたのかもしれない。けれどとし子はそれ以上、何も言わない。恩を着せるようなことを言う人ではないのだろう。

川べりから道路に戻ると、とし子と郷子の前を通り過ぎていった路面電車が窓から黄色い灯《あか》りをにじませて、橋の上を渡っていく。路面電車と自家用車は、浅草の街の四方を切り取るように走っているようだった。

郷子は道路の向こうに建つ高野バーを見、次にとし子を見て、勇気を振り絞る。

「おかみさん、どうか私をお店で働かせてくれませんか。最初はお試しでも構いません、お願いします」

道を渡ろうとしていたとし子はわずかに振り返る。

「小巻ちゃん、あなたを気に入ったみたいね。あの子はうちの大事なお得意さまなの」

それからにこりともせずに、毅然《きぜん》としたまま言い放つ。

「仕事をするってことは、すべてに自分の責任が伴うってこと。それを忘れないで」

そして路面電車と車の流れが絶えた隙間を、早足で渡っていく。

いっけん無愛想。しかし思い切って話してみると、そうでもない。

とし子のような人を何と言うのだろう。東京っ子、それとも浅草っ子だろうか。

夜風に翻るとし子の黒いスカートの端をつかもうとするように郷子は走った。生きることへの執着を忘れない捨て猫みたいに。この街に出てきた、絶望を知る子供たちと同じように。

2
1962年のにんじんグラッセ

勝《まさる》という名は勇ましい、けれど自分の本質はそこにはない。

黒川《くろかわ》勝はずっとそう思っていた。そして昭和十八年生まれの彼の周りには、小さい頃《ころ》から同じ名を持った子供がたくさんいて、周囲の男子は勝だらけだった。

「戦争に負けそうなときだから、『勝て勝てぇ、なんとしても勝たねばならぬー』って自分たちを奮い立たせる意味で、子供にも強そうな名前をつけたんだとさ。そういえば敗戦の年よりあとの生まれで勝って名前のやつに俺《おれ》、一人も会ったことないな」

調理場に立って玉ねぎを刻む勝の後ろで、郷子は丸椅子《まるいす》に座って玉ねぎの皮をむいている。

「自信がないときほど強そうな名前をつけるなんて矛盾してる。矛盾は弱さのあらわれ、いわゆる反動ってやつですね」

おいっ、と、振り返った勝は郷子の座っている丸椅子の足を蹴《け》った。

「さっきから何で座ってるんだよ」

慌てて立ち上がった郷子は何もなかったような顔をしながら、足を使って丸椅子を作業台の奥に押し込んでいる。

「調理の補助は立派な仕事だ」

「はい」

「座ってやったら玉ねぎの味が落ちるだろ？」

「まさか、そんな話聞いたことありませんよ」

へりくだった態度を見せながらも、郷子はにへらと笑った。他人の家に忍び込み、しれっとさんまを持ち逃げする野良猫のような顔をしている。

「口答えするな。立ってやれ」

上目遣いでこちらをうかがっていた郷子だが、

「はい、すみません」

と言って頭を下げると玉ねぎの皮むきを再開する。

勝は今十九歳。それに対し、十七歳の畠山郷子。

群馬の雪深い山里出身で、川崎の工場に十五で集団就職し、そこから一人で逃げてきた末に、店主の高野とし子に泣きついて仕事と住居を得た中卒の無学な女。それなのに「矛盾は弱さのあらわれ」なんて、たまにおかしなことを言う奇妙な子供——。

勝は浅草生まれの浅草育ち。駒形橋《こまがたばし》の西側に、三代続けて履き物屋「くろかわ」を営んでいるのが彼の生家である。その「くろかわ」は関東大震災と東京大空襲の二度とも店は崩壊し、瓦礫《がれき》と化した過去がある。しかしそのたびに家族そろって同じ地に戻り店を構えてやってきた。

だから自分には、代々浅草に生きてきた者としての誇りがある。生粋の浅草っ子である俺は、どこの馬の骨とも知れない郷子をばかにし見下す権利がある。

そう思っている。そう思っていたのだが、もしかしたら、その気持ちは反動であって、裏には得体の知れない素性を持つ郷子への畏怖《いふ》が潜んでいるのかもしれない……。

いやいや、まさか。

ざくざくと玉ねぎを刻み続ける。にんじんを何本も擦《す》り下ろしていると、手を削っているんじゃないかと感じられる。牛と豚の合《あ》い挽《び》き肉と卵を冷蔵庫から取り出し、食パンは何枚もちぎってバットに移して牛乳に浸し、ハンバーグの下準備は終了だ。

高野バーに就職してから一年半、勝はずっと続けている仕事なので慣れたものだった。

「じゃ、こっちはもう終わったから、いいよ」

「はい」

もじもじしながら立ち尽くしている郷子に、さらに勝が言い放つ。

「だから、あとはこっちでやるから」

「あの、まだ何かあれば、私でよければお手伝いしますけど」

「もうないから。邪魔だから行って」

勝が別の食材料の準備を始めると、郷子はチラチラこちらをうかがいながら、どこかへ行ってしまった。

次に勝は、大きなフライパンで手際よく玉ねぎを炒《いた》め始めた。

この店——高野バーは昼の十一時から夜の十時まで営業している。客席は一階と二階に分かれており、メインは一階の洋風居酒屋で、二階は洋食レストランとなっている。けれど結局どちらの階でも酒が飲めるので、一階も二階もにぎやかであけっぴろげな雰囲気となるのだが、そこにちらほらと、子供連れや女性同士の客が混じり込んでいるのが不思議だった。酔っ払いの中に子供、そして女性たち。これらがうまく共存し、互いに干渉せず、それぞれのペースを保って飲食を楽しんでいる姿はこの店らしい景色といえる。

高校を卒業してすぐこの店に就職した勝は、まだ下ごしらえ専門の見習いだが、いつかはこの店の料理長のように調理の仕上げを担当する責任者になりたいかというと……まだそこまで心が決まっていない。それが本音だった。

「できたな、よし」

そう言って隣に並んできたのは、料理長の谷村武雄《たにむらたけお》だった。

料理長は調理用の白いシャツの袖《そで》をまくると、厚みのあるてのひらを使って、勝が炒めて熱を冷ましておいた玉ねぎを挽肉《ひきにく》に混ぜ始めた。

ぎゅっとボウルの中の肉をつぶすたびに、料理長の二の腕の筋肉が盛り上がる。重たい調理器具を使ううちに筋肉が発達し、冷たい肉をかきまぜるたびに、てのひらが厚くなったのだろう。

自分の手や腕も、早くあんなふうになればいいのにとは思う。

けれど俺が調理の道をこのまま進むかどうかは、わからない。

勝はにんじんを一口大に切って面取りをすると、毎日丁寧に磨いている銅製の鍋《なべ》にバターといっしょに放《ほう》り込み、砂糖と塩を加えて煮込み始めた。焦がさないように気をつけて、しばらくすれば、にんじんグラッセのできあがりだ。最近は下ごしらえに加え、副菜作りも任せてもらえるようになっていた。

「料理長、ちょっと」

厨房に来た店主の高野とし子が料理長に身を寄せて何か話している。肉を混ぜている最中だった料理長はお化けの真似《まね》をするように、片手を宙でだらりとさせ、とし子の方に首を伸ばした。

この二人、仲がいいよな。

というか料理長はおかみさんを陰からぐっと支えている感じ。それってもしかして……。

そこまで考えたところで、料理長越しにとし子と目が合った勝は、慌てて目をそらし、仕事に意識を戻した。

客席から戻って来た皿には、にんじんグラッセだけが残っていた。

勝は舌打ちしたい気持ちになる。いったいどこのどいつが残したんだろう。一階、それとも二階の客だろうか。厨房と客席をつなぐカウンターから店内をねめ回していると、

「ちょっと勝さん、聞いてください。さっきすごいものを見つけちゃったんです！」

カウンターの向こうから郷子が首を伸ばした。

「は？　すごいもの？」

「このお店、奥に謎《なぞ》の空間があるって知ってましたか」

どうしてこの女は俺にばかり、親しげに話しかけてくるのだろうか。単に厚かましい礼儀を知らない子供なのだろうと思っていたが、接客中の態度を見ているとどうも違う。先輩や客にはちゃんと敬語を使い、何か間違いをしたときは謙虚に頭を下げて謝って、それなりに控え目だ。

要するに就職して一年半である俺は、年齢が近いから、この店ではいちばん自分に近い存在だとこいつは勝手に親しみを感じているのかもしれない。しかし俺は生粋の浅草っ子、おまえは素性も知れない田舎者。なれなれしくするなよ。

「はあ？　厨房の奥の貯蔵庫のことだろ。おまえはまだ入って一カ月程度だから知らないんだろうけど、あそこは昔っからあるんだよ。一時は防空壕《ぼうくうごう》代わりに使われてたこともあ

ってだなぁ」

「違うんです。その貯蔵庫の中にもう一つ部屋があって……あっ、すみません。またあとで」

無駄口を叩《たた》いていたのが見つかったようで、郷子は先輩のウェイトレスから叱《しか》られていた。そのあと、酔っ払いの客とぶつかりそうになっている。

勝は皿に残っていたソースにまみれたにんじんグラッセをゴミ箱に捨てた。

悔しいことに、歯形さえついていなかった。

閉店後、勝の背後で皿を洗っていた郷子だが、すべて洗い終わったのかまた話しかけてくる。

「さっきの続きなんですけど、本当に、もう一つ部屋があったんです」

包丁を研《と》いでいた勝は、はあ？　とまたわざとらしい声をあげた。

「俺は毎日貯蔵庫に入ってるんだ。そんなものがあったら、とっくに気づいてるだろ」

「でも、玉ねぎが積んであるところの後ろに、あったんですよ、謎の空間への扉が」

玉ねぎが積んである場所に扉――？

郷子が何を言っているのかわからない。そもそもそんな空間があったとしても、勝はその存在を店の人間から知らされていない。

「ただの妄想だろ」

「いいえ。私、少し前に、おかみさんと料理長が謎の空間につながる扉の前に立って、ひそひそ話しているのを見ちゃったんです。でもそのときは、覗《のぞ》き見なんてよくないと思って、貯蔵庫からはすぐ出てしまいました。それにしてもあの二人、何をしていたんでしょうね」

「それ、何時頃の話？」

「深夜です」

「どうして深夜に店にいたの？」

「忘れものをしちゃったから、アパートまで帰る途中だったんですけど、とりあえず店に引き返してみたんです。そうしたら厨房の奥の方にだけ灯《あか》りが点《つ》いていて、さらに奥の貯蔵庫も、やっぱり奥だけ電気が点いて、人の気配があったから……」

あれ、と勝は変な印象を受けた。

働く者たちが帰った店内、厨房の奥の貯蔵庫という密室に、おかみさんと料理長が二人きり。それはもしや見てはいけない現場ではないだろうか。勝はコホンと一つ咳払《せきばら》いする。

「まあな、世の中にはほら、知らないほうがいいこともあるからさ」

へ？　と郷子が声をあげた。

「どういうことですか」

いや、あのさぁと言いながら、口もとに手をやった勝はつい顔を赤らめてしまった。それを郷子がきょとんとした表情で眺めている。

「もしかしたら料理長とおかみさんの間に、ほら、何かあるのかなあと思って」

「何かって?」

「男女の関係っていうのかなぁ」

やっと気づいたらしい、郷子は丸い瞳《ひとみ》をぐっと見張って声をあげる。

「それは失礼です。あのお二人は私の恩人です。恩人に限って職場で変なことをするなんて、そんなのはありません! 勝さんのほうこそ妄想です。今この場で訂正してください」

なっ、と洩《も》らした勝は一息に言う。

「何で俺が訂正しなきゃいけないんだよ! 恩人だって人間なんだから、変なことくらいするだろ。それに男女の恋愛は別に変なことじゃないぞっ」

「職場でわざわざ深夜にするようなことではないと思います」

「深夜に二人きりだからあり得るんだろうが。しかも貯蔵庫でだろ? それよりおまえ、さっきからえらそうに言ってくるよな。働くことなんてたいして知りもしない、ケツの青い田舎者のくせに!」

眉《まゆ》を上げて小鼻をふくらませながら聞いていた郷子だが、その顔からすっと興奮の色が消えた。

「井の中の蛙《かわず》」

「は？」

「ちゃっかり親に高校まで行かせてもらったうえに、この街から一歩も出たことのない、井の中の蛙のようなおぼっちゃんには私、言われたくありません」

カチンときた勝は「なにぃ」と鼻息を荒くしてしまった。

「何が世間知らずだ。おまえより俺は先輩なんだよ！　少しは後輩らしくしろっ」

言い返してくるかと思ったが、

「それはそれは勝先輩、どうもすみませんでした」

郷子は拍子抜けするほどの調子で謝ると、わざとらしく腕を振って、厨房から出て行ってしまった。

けれど勝は興奮がさめない、イライラする。気持ちを落ち着けようと煮干しの内臓を取る作業をやったものの、手もとが狂って小骨が親指に突き刺さってしまった。

翌日、勝は久しぶりの休日だった。

親指がまだ痛む。それに郷子との諍《いさか》いの名残《なごり》が消えず、くそう、あのお下げ頭の田舎女め、どうしてくれようか、とまだイライラしている状態だった。

アパートを出たあとは、たまにはいいだろう、まあ、たまにはな、雪駄《せった》の鼻緒もゆるんできたし、と、自分に言い訳しながら生家である「くろかわ」へ向かった。

店の前では、すらりとした和服姿の女が水を撒《ま》いていて、

「あら、勝くん」

と予想通り声をかけてくれたので嬉《うれ》しくなった。女はひしゃくと手桶《ておけ》を持ったまま涼しげな笑顔を浮かべている。

「あ、あれ。いつの間にか店の前まで来ちゃったみたいで。どうも、虹代《にじよ》さん。おはようございます。と言ってももう昼か」

いつの間にか、などと偶然を装ってしまったが、態度がぎこちないから変に思われたかもしれない。けれど黒川虹代は特に気にする様子も見せなかった。

「今日はお仕事、お休み？」

「はい」

「進《すすむ》さんは今、お義父《とう》さんとお義母《かあ》さんを連れて出かけていて……」

ちらりと虹代に視線を送りながらも、知っている、と勝は頭の隅で思った。

月に一度の水曜日、虹代の夫である黒川進と両親はそろって「履き物のれん会」の会合に出かけていることくらい勝はわかっていた。進は勝の実兄だが、彼は兄には会いたくない。だからこそ勝は水曜に休みが取れるよう仕事を調整し、ここまでやって来たのだが、

そもそも「くろかわ」は高野バーから徒歩十分もしない場所にある。もしも高野バーの連中に見つかったら、特別用もないのに生家に帰るなんて、まだ母ちゃんのお乳が恋しいのかなんて、からかわれるかもしれない。いや、親のことなんてからかわれたって構わない。それ以上に見つかりたくない事情が勝にはあった。

「ちょっと、鼻緒の調整をしようと思って」

自分の履いている雪駄を見下ろすと、そう、と頷《うなず》いた虹代が墨色の暖簾《のれん》をくぐりながら振り返る。

「暖かいから、中へどうぞ」

居心地悪そうにきょろきょろしていた勝はズボンのポケットに両手を突っ込むと、ぶっきらぼうな口調で「お邪魔します」と言って、わざと顔面から暖簾にぶつかっていった。ひらりとめくれた向こうに、白いうなじが光って見える。

「お邪魔しますなんて自分の家に入るだけなのに、変な感じしない?」

「もう家は出ていますから」

と、ふて腐れた口調で返した。

虹代が目をそらした隙《すき》に、勝はぐしゃぐしゃと自分の頭髪を掻《か》きまぜる。ああ、どうして俺はこう虹代さんの前で子供っぽい態度しか取れないのだろう。嫌だ、まったくこんな自分が嫌でたまらない……。

小さい頃から勝が見慣れているガラスケースには、今もさまざまな大きさの草履が並んでいる。昭和二十年代の初め、勝が二、三歳くらいのとき、彼はこれらの草履をきょうだいに見立てて遊んでいた。男性用はお兄ちゃん、女性用はお姉ちゃん、自分が履いていたものより小さいものは弟くんと妹ちゃん。当時出征していた兄の進は、終戦を迎えてもなかなか帰って来なかったので、もう死んでいるのかもしれないと囁《ささや》かれていた。進と勝の間には十七の年齢差がある。

店の奥の、少し高くなったところは畳敷きの和室になっていて、店番をする者が使う小さな机が置いてあった。

「ちょっとお店、見ててもらっていいかしら。お昼ご飯作ってくるから。勝くん、食べていくわよね」

「ええ、はい。何だか催促するような時間ですみません」

「せっかく来たんだから、いいのよ」

割烹着《かっぽうぎ》を着けた虹代は台所の方へ行ってしまった。

勝は机に肘《ひじ》をつき、あぐらをかいて店内を眺める。

石畳が冷たい、しんとした履き物だけが並ぶ世界——かつては客がひっきりなしにやって来たというのに、昭和三十七年の今は、ずいぶん静かになってしまった。

浅草に遊興目的でやって来る人の数が減ってきたのは、昭和三十年代の初め頃からだった。まず三十一年の売春防止法によって吉原へ行く人がいなくなり、高度経済成長の影響を受けて「陸の孤島化」が進み、この街はますます時代の波に乗り遅れていく。代わりに発展していったのは銀座や新宿、池袋《いけぶくろ》といった新しさを取り入れた別の都市である。服も和服ではなく洋服、オーダーメイドではなく、「吊《つ》るし」とか「首吊り」と呼ばれる既製服を着る人が増えていき、それにあわせて「くろかわ」の周辺にある着物や和装小物を扱う店は、ぽつぽつと閉店するところが多くなった。

「はい、お待ちどおさま」

虹代が盆から机に丼《どんぶり》を二つ、ひょいひょいと移していく。火鉢も勝のそばに寄せてくれた。

丼の中身はあんかけうどんだった。

「熱いうちにどうぞ。でも江戸っ子はやっぱり、お蕎麦《そば》のほうがいいかしら」

「いやいや。いただきます」

とろみのついた黒い出汁《だし》をうどんにからめて啜《すす》ると、火傷《やけど》するほど熱かった。すったしょうがたっぷり載っているから、崩して食べているうちに汗も出て、身体《からだ》はぽかぽかしてくる。虹代の作るうどんにはいつも、ピンクと黄色がまだらになった紅葉《もみじ》の形をした生《なま》麩《ふ》が載っている。

「美味《おい》しい。俺、虹代さんから教わってうどん屋になろうかな」

「まあ、冗談でもそんなこと言っちゃだめよ」

たしなめられた勝は、はにかみながら身を引いた。机が小さいから虹代の顔がすぐ近くにあって、恥ずかしい。

自分はうろうろしていると勝は思う。

何がって、気持ちがふらふらしている。実家を出て高野バーに就職したにもかかわらず、時間を見つけては、こうして戻って来てしまう。初めの頃、それは自分が「くろかわ」の跡を継げなかったせいで、いまだこの店に執着があるからだと思い込んでいた。しかし兄と両親がいないときを狙《ねら》ってたずねるところなど、態度は嘘《うそ》をつかずに正直だ。

目を伏せ気味にしながらも、勝はうどんを啜る虹代を盗み見た。

鼻の頭に浮いてきた汗を、白い手ぬぐいでせっせと押さえている姿が懸命できれいだった。けれどぱっと彼女が顔を上げたところで目をそらす。そんな自分を押し隠すように、言葉を探した。

「虹代さんの作ってくれるうどんは生麩が載っているから、俺は好きです。うちの母親は吝嗇《けち》だから葱《ねぎ》くらいしか載せてくれなかった」

虹代は苦笑いを浮かべる。

「でも進さんは生麩が嫌いなの。『こういうのはいらない』って、いつも残すのよ」

信じられないといった様子の勝は、勢いよく丼を置いた。

「生麩は味も美味しいよ。ほんのり甘いところが、醤油《しょうゆ》の出汁と甘辛でよく合っているし、柔らかい食感も優しげでいい。最後に食べるお楽しみっていうか。そもそも作ってもらっておきながら文句を言うのはどうかと思うな」

「でもいらないって言う人に、無理に食べさせるわけにもいかないでしょ」

不満がたまっていたのか、虹代は少し上半身をこちらに傾けながら話してくる。

目が合った。

虹代の視線を断つように、勝は顔を伏せると、丼に残っていた出汁を一気に飲み干してしまった。あんかけの出汁は冷めると液体状になってくる。

「やだ、愚痴を言っちゃった。今のはないしょにしておいて。お茶を入れてくるわね」

さりげなく立ち上がった虹代は、空になった二人分の丼を引いていく。

こちらの気持ちに気づいているのかもしれない。それとも気のせいだろうか。

しかし相手は兄の妻であり、この家に入った嫁であり、十九歳の勝より年上の二十四歳。兄の進は三十六歳。

どうして虹代さんはあいつと結婚してしまったのだろう。なぜ自分ではなかったのだろうか。

顔を上げると、暖簾の向こうを歩く人々の足もとが見える。カタカタとせっかちな音を鳴らす日和下駄《ひよりげた》、ざりざりと小刻みに移動する草履や雪駄、弾むように歩くゴム長靴——

本当は、虹代さんから名を呼ばれ、暖簾の向こうから顔を出したのは自分だったかもしれなかったのに。

勝の同級生の姉、それが虹代だった。

小さい頃から仲良くしていた、同じ小学校に通う同級生と、勝はいろんな遊びをした。めんこ、ベーゴマ、鬼ごっこ、缶蹴り、虹代を交えてゴム飛びだってやった。怪我《けが》をすると虹代は「痛かったね」と言って、無理に励ますこともなく勝の傷口の手当てをしてくれた。かくれんぼで、虹代の生家に近い、寺の境内にあった背の高いお化け地蔵の後ろに二人で身を寄せて隠れたときは、彼女の湿った息が耳にかかってどきどきした。思いが募って、

「虹代さん、俺と夫婦《めおと》になってください」

と告白したこともあったのだ。けれど当時の勝は十歳にも満たなかったせいか、虹代はまともに取り合ってくれなかった。

そんなことがあったのが小学校から中学くらいまで。

十八で出征した兄の進は、昭和二十二年、二十一歳のとき、ひょっこり日本に帰って来た。

敗戦後の二年間はビルマで捕虜になっていたのだという。そのせいか復員後は精神的に不安定な時期が続き、「くろかわ」の後継はおまえにかかっていると——勝はずっと両親

から聞かされていたのだ。

かつて吉原で働いていた女を連れて、兄の進は半年ほどふらりと行方不明になったこともあった。両親は、戦争と抑留によって精神を蝕《むしば》まれた兄に対し、罪悪感があるようで、いつも兄の言うなりだった。

だからこそ「くろかわ」は責任をもって自分が継ぐ。

そしていつか俺は、虹代さんを娶《めと》る。

そう決めていたはずなのに、ここ二、三年ほど前から兄は急に店に出て、てきぱきと働くようになった。すると勝はあっという間に後継者の座から蹴落とされてしまったのだ。

それはやはり、進が長男だからなのだろう。しょせん親にとって次男は次男、二番目でしかないのだ。

一年前、勝が十八になったとき、突然兄の結婚相手は虹代だと聞かされ、勝は脳天を叩きのめされたかと思うほど驚いてしまった。浅草に店を構える者同士の結婚はよくある話で、虹代は針屋の娘であり、親同士が決めた縁だった。

もちろん勝は納得がいかない。

しかしそこでもトントンと縁談の話は進み、結実してしまった。

「どうして兄さんと、結婚しようと思ったんですか」

お茶を飲んでいるときに勝が聞いた。

やっと聞けた、と思った。一年間、怖くてずっと聞けなかったのだ。

ふう、と息を吐いてこちらを向いた虹代の顔には、少し疲れがにじんでいる。

「初めて会ったとき、傷ついているように見えたから。私もいろいろあった時期に進さんを紹介されたの。進さんの傷と私の傷と、二人でいっしょになれば、互いの傷を打ち消し合えるって思ったのかもしれない」

「いろいろあった時期って？」

勝は年下ゆえの鈍感さを利用して聞いてやった。

虹代は少し迷った仕草を見せる。

「進さんと結婚する前に、私、別の人との話が破談になっているの。そのときの気持ちを引きずっていたから」

「それなら今は幸せなの？」

差し込むように聞くと、虹代はしばし言葉に詰まった。

「幸せに、決まってるじゃない」

にっこり笑ったその表情は、お化け地蔵の後ろで見たときと違って生彩を欠いている。

負け惜しみだろうか。勝の目に映る虹代は嘘をついているように見えた。

心が弱っているときに慰め合うような結婚なんて決めるから、そんなふうになるんだ。

勝を跡継ぎにと言っていた両親は、店を継ぎたいという勝の気持ちを、よく知っていたはずだ。しかし兄の改心を受けると、たちまち翻意し、勝は生家から追い出されるようなかたちで高野バーに就職してしまった。

だから今の調理の仕事を続けていく覚悟が決まらない。

いちばん中途半端な人間は俺だ。

そろそろ両親と兄が帰ってくる。机から立ち上がった勝は雪駄の鼻緒の調整を自分でやって、「帰ります」と言って店を出た。

すると前に来たとき店先にあった植木鉢が消えている。

「あれ、植木は？」

「進さんに片づけられちゃったの。店先に植物を置いておくのはよくないからって」

勝の目にふっと、紅葉麩の、鮮やかな色がよみがえる。

「俺は店先に植物があるほうが、華やかでいいなって思っていたんだけど」

「くろかわ」の草履は渋い色調のものが多い。そんな品揃《しなぞろ》えを少し若者向けの、明るい色合いに変えたいと、かつての勝は考えていた。もうかなわぬ夢かもしれないが。

「虹代さんの得意なちりめん細工の小物も、店に置いたらいいのになあ」

けれど虹代は何も言わないので、勝の言葉は宙に漂った。

前に勝は、ちりめん細工の朝顔がついた髪留めを虹代からもらったことがあった。

さすが針屋の娘だけあって、繊細で見事な品だった。けれど女性が使うものをもらっても、どうしていいかわからない。だから田舎者の畠山郷子が店に来て倒れたとき、彼女を励ます意味で譲ってやったのだ。当の郷子はそれをすっかり忘れているようだが……。

「勝くんの働いているお店、とっても人気みたいね。私、嫁いで来るまで、このあたりのことを何も知らなくて」

「うん、よかったら今度、ご飯を食べに寄ってください」

「でも、バーなんでしょ？」

「バーと言っても、女の人もたくさん来ますから」

「女が入ってもいいバーなの？」

もちろん、と勝は頷く。

「食事もできる、子供も入れるバーです」

ほう、と、顔のあたりに白い息がゆらめいて、虹代は感心したようだった。

「だけど、お酒を出す店に一人で入ったらちょっとあれだから……。じゃあ近いうちに、お友達といっしょに行かせてもらいます」

「ぜひ。来たら店の人間に声をかけてください。俺、厨房にいますから」

さよならと早口で伝え、手を挙げると、すぐ虹代に背を向けた。もうすぐ兄たちが帰って来る。会ってしまうと面倒だ。本当はもう少し、虹代の顔にちらつく不幸の色を眺めていたかったのだが。

そんなふうに感じる自分は暗いし性格が悪い。だがやはり、兄と結婚して幸せであってほしくないというのが、腹の底にある正直な気持ちなのだった。

好きな女性の不幸を願うなんて、やっぱり子供だ。

帰り道、ズボンのポケットに両手を突っ込み、風を切るようにして歩いていると、兄の進とばったり出くわした。両親の姿は見当たらない。

午後になって風に少し雪が混じるようになっている。兄は真っ黒なインバネスの裾《すそ》を大仰に翻し、「来ていたのか」と冷ややかに言った。

上目遣いでちらりと確認した勝は、口を結んでそのまま進み、すれ違った先で振り返る。

「義姉《ねえ》さんもたまには会合に出してあげたらどうだい？　浅草といっても、このあたりの人間じゃないんだから寂しいだろ。自分ばかりえらそうに遊び歩いているなよ」

その声は自分でも驚くほど唐突で攻撃的だった。敵意を伝えるつもりはなかったのだが、最近、兄が吉原の女と復縁したらしいという噂《うわさ》を耳に挟んでいたせいだろう。

ゆったりこちらに身体を向けて帽子をかぶり直した兄は、

「遊びじゃない、大事な会合さ。おまえ、虹代に会いに来たんだろ」

と軽く返して行ってしまった。

虹代について指摘されたのは意外だった。兄は虹代に思い入れが薄く、また弟である自分に対しても、歳《とし》が離れているせいか興味など抱いたことがないと思っていた。

「ああっ、くそう」

思い出すと包丁を握る手が憤りで震える。

あいつめ、俺の気持ちに気づいていたのか。

イライラした勝はすさまじい速さで玉ねぎを刻み始めた。もしやあいつは、弟が好きな女だから、虹代さんを手放さないつもりなのだろうか。嫉妬《しっと》を出汁に喜んでいるのか。俺が店の跡を継ぎたがっていたのを知りながら、平気でひょいとその役割を奪っていったあいつなら、あり得る話だ。

なんせ十七も歳が離れた兄である。戦争から帰って来てそれ以降の兄のことしか、勝はよく知らない。記憶にある限りの兄は「戦争で苦労をしたのだから」という免罪符を振り回し、勝が小さい頃からふらふらと外をほっつき歩いて好き放題やっているように見えた。

そんな男に虹代さんを……。

玉ねぎの刺激が久しぶりに目にしみた。湧き上がってくる涙を袖で拭《ぬぐ》っていると、

「勝さん、見ましたよ、この前の」

と言って郷子が近づいてきた。細い蛇のようなお下げ髪を二本、顔の両脇《りょうわき》に垂らしている。

「ややっ、どうしました？」

勝は郷子に背を向ける。「玉ねぎだよ。うるさいなあ」

　はあ、と郷子は意味ありげなため息を吐《つ》いた。

「びっくりした。泣いているのかと思いました」

「どうして俺が泣かなきゃいけないんだよ」

　ムッとして勝は言い返した。

「だってこの前、勝さんがきれいな女の人に、焦がれるような視線を注いでいるのを見ちゃったんです。だから、てっきりその人に失恋でもしたのかと思いまして」

　勝は手を止め、息を止めた。

　少し間を置いてから「は？」と聞き返す。

「ほら、和服姿の、眉がきりっとした人ですよ」

「それ、いつ、どこで見た？」

「この前の水曜です。勝さんがお休みした日に、和装小物のお店が集まっているところで……このお店から歩いて十分くらいの場所です。私、そのあたりに暮らすご常連の家まで、カレーとコーヒーを出前に行ったんです」

「出前なんて、この店やってたか？」

「年配のお客さんが足を悪くしたって聞いたから、おかみさんの許可をいただいて特別に。臨機応変にってやつです。勝さんが研屋《とぎや》に包丁を頼まないで自分でやっているのと同じで、私だって、それくらいはやりますよ」

「へぇ、ふうん」

余裕のあるふりを保っていたが、それ以上は言わずにまた玉ねぎを刻み始めた。しかし郷子は諦《あきら》めず、勝の左右をちょろちょろと動き回る。

「あの女の人は誰《だれ》ですか。とってもきれいな方ですね。あの女の人を前にした勝さん、恋する青年そのものって感じの純な目をしていたから、私、防火水槽の陰から見ていて、ワクワクして、胸が火事みたいになっちゃって大変で」

ふたたび手を止めた勝は郷子の顔を脅すように睨《にら》みつける。

「防火水槽の陰から覗き見するな。それに防火水槽ならそこは消火しろよ。あそこは俺の生まれた家。あの人は俺の義理の姉だから、それ以上変なこと言うと……わかってるだろうな」

「えっ、ご実家なんですか！」

暖簾に「くろかわ」としっかり染め抜いてあっただろう。鋭いのか鈍いのかよくわからない。

「それに義理のお姉さん！　でもあの勝さんの目は私、記憶にありますよ。あれは恋をしている瞳です。恋したあげく、その相手に告白してもこっぴどくふられるのがわかっているから何もできない、欲求不満の女の子みたいな目っていうか、あっ」

さすがに言い過ぎたと思ったのか、郷子は口に手を当てている。それから逃げるように、こっそり腰をひねった彼女の背に「待て」とすかさず叩き込んだ。

「玉ねぎの皮、むいていけよ」

「……はい」

郷子はおとなしく玉ねぎの山に向かった。そんな彼女に、ゆっくり言い放つ。

「さっきから俺のことを何だかんだと勝手に言いやがって。今の話、他《ほか》の誰かに話したらどうなるか、わかっているだろうな」

さすがに反省したらしい。その日の郷子は黙々と勝の言うことをよくきいた。

高野バーの厨房では勝がいちばん下っ端になる。だから郷子が来たおかげで、勝は彼女にあれこれ指示して面倒な下処理などを押しつけ、仕事の上で楽をできるようになっていた。つまり勝にとってちょうどいい「手下」である。ちょっと自分に気を遣っている郷子につけ込んで、

「皿全部温めて」「フライパン洗っておいて」「生ゴミ外に出して」「新聞買って来て」「店の奥に座ってるかわいい女の子二人に、どこに住んでるのか聞いてきて」

と、あれこれ指示を出してやった。

そうしてその晩、閉店後も遅い時間まで郷子をこき使ってやったあげく、

「おまえのまかないのコロッケ、もらっておいたから」

と伝えると、さすがに郷子も腹が立ったようだ。厨房の作業台に向かって新聞を広げて座っていた勝の白いコック帽をひょいと取り上げると、それを床に叩きつけた。

「もう嫌だ。私は勝さんの召使いじゃありません！　お腹《なか》がすいた！　コロッケ返せ！」

「嫌だね。食っちまったものは返せないよ」

勝はバカにするように笑いながら新聞を読んでいる。背後からその新聞を取り上げた郷子は、それをぐしゃぐしゃにしてゴミ箱に捨ててしまった。おいっ、と丸椅子から立ち上がった勝が迫ると、郷子は厨房を逃げ回る。

「何を遊んでいるんだ、早く帰れ！　それに走り回るな。ほこりがたつだろう」

厨房の入り口から顔を出した料理長が声を荒らげた。

郷子と勝が「すみません」とそろって頭を下げると、料理長の後ろから現われたとし子が、

「二人は仲がいいのね。知らなかったわ」

と言って通り過ぎていった。

仲がいい？　何でこんなやつと。

イライラしながら勝は更衣室で着替えて、廊下に出た。

すると同じく着替えを済ませた私服姿の郷子が厨房の入り口に立って、

「勝さん、ちょっと」

と、囁き声で手招きしている。

「早く帰れよ。帰り道で酔っ払いにからまれても知らねぇぞ」

「酔っ払いなんてこれでやっつけるから、いいんです」

着たきり雀《すずめ》の黒のワンピースのポケットから、小型のバールを取り出した郷子は、それをブンと勢いよく振り下ろした。

「それ、いつも持ち歩いているの？」

バールは恐ろしいほどピカピカに磨かれ、光っている。

「はい。工具は仕事のときも普段でも、私を守ってくれますから。人間なんかよりずっと寡黙で真面目《まじめ》で裏がなくって、信用できます。それよりこっちに来てくださいよ」

厨房の奥へ向かう郷子の先にあるのは貯蔵庫だ。

後についてきた勝を振り返った郷子は、貯蔵庫につながる扉を押す。と、開いた。

しかしなぜか電気は貯蔵庫の、奥の方にしか点いていない。手前は暗い。

勝の目を見返した郷子は頷いて、懐中電灯を点けると貯蔵庫の中へ入っていく。ついて来いということだろうか。

それにしてもどうして俺が、この田舎者の言うなりに動かなければならないのだ。けれど何だか妙な感じがした。その胸騒ぎと好奇心には勝てず、郷子の持っていた懐中電灯を奪い取ると彼女より先に進んだ。

「歩きにくいから、くっつくなって」

暗いせいか服の裾をつかんでくる郷子を引き離す意味で言うと、今度、郷子は勝の懐中電灯を奪い取って、自分で前を照らしながら進み始めた。

薄暗がりの中では普段見慣れている食材料や棚に並んだ調味料の数々——醤油やソースの瓶、桃やチェリーやパイナップルの缶詰——が不気味な存在感を放っているように映る。

そうしてたどり着いたのは、ぼんやりとした灯りの点いた貯蔵庫の最奥で、普段は木箱に入った玉ねぎが山積みになっている場所だった。

そういえば……少し前に郷子が言ったことを思い出す。——でも、玉ねぎが積んであるところの後ろに、あったんですよ、謎の空間への扉が。

勝は玉ねぎの入った木箱をいくつか脇にどかし、郷子から受け取った懐中電灯をさらに向けてみる。が、壁には何も見当たらない。

「勝さん、こっちですよ、こっち」

手招きする郷子の近くに行くと彼女は嬉しそうに肩をゆらし、下を指さした。と、自分の足もとに長方形の溝があったので、うわっ、と声をあげて勝は飛び退《の》いた。

それは縦百二十センチ、横六十センチほどの、床下収納に似た形状の扉だった。

普段その場所にはカーペットが敷いてあり、上には玉ねぎの入った木箱が置いてあるから、気づかなかったのだろう。当初置いてあったはずの木箱のいくつかは誰かが移動させたらしく、少し離れた場所に、丸めたカーペットとともに置かれていた。

「さ、行きましょう」

躊躇《ちゅうちょ》せずに郷子は床の扉についている取っ手を引き上げた。すると扉の隙間から、地下へ降りていく階段が見える。

「待て、ちょっと待て」

勝は慌てて引き留めた。

「中にいるのって、もしかして……」

料理長とおかみさんではないだろうか。

だとしたら、二人の仲をうっすら疑っている勝としては立場が悪い。もしも二人がこの場所で逢《あ》い引きしているとしたら……。

「入るのはやめておこう」

「どうしてですか」

「ほら、料理長とおかみさんがいたらまずいからさ」

「まずい？　何か私たちに隠すようなことがあるんですか」

「あるからこんな場所にいるんだろ？」

は？　と洩らした郷子が眉根を寄せた。

「おかみさんと料理長は変な仲なんかじゃありません。一歩譲ってお付き合いがあるとしても、街の人から大事にされているこのお店の中で、ハレンチな行為に及ぶようなケチくさい人ではありません。やるとしたら堂々と、百万弗旅館《ひやくまんドルりよかん》を利用すると思います」

郷子はこのあたりでは有名な連れ込み宿の名を口にした。

「堂々とって、おい」

勝の手から懐中電灯を奪い取った郷子は、床下の階段を降りていく。

すごい度胸だな。そう思いながら勝も追うのだが、古くて狭い木製の階段は、一歩進むたびに「ミシッ」と鳴るから心臓に悪い。二十段も降りないうちに、立ちはだかる壁が見えてきた。

が、左手は別の空間につながっているようで、そちらから灯りが洩れている。

「やっぱり、ここでやめとかないか」

勝は声が弱気になっている。

「何があるのかだけでも見ておきましょう」

郷子の無鉄砲さが恐ろしくなってきた。たぶんこんな性格だから、集団就職先から一人で逃げ出すなんて大胆な行動を起こせたのだろう。その一方で、もしも自分が店をやるとしたら、これくらい度胸がある人間と組んだほうがうまくいくのかもしれないという考えも頭に浮かぶ。

ふと、左手の壁が途切れた向こう側から声がする。

「あと十年はいけるかしら」

階段の最後の段で足を止めた郷子と勝は、左手に広がっているであろう空間の先が少しでも見えるように、壁にぺたりと身体をつけて首を伸ばす。

「まあ、この味なら大丈夫でしょうね」

「十年後はこれをどうするか。お店のみんなで飲むのはどう？」

「まさか、こんなに飲み切れませんよ。お客さんに、少し値段を下げて提供するのはどうでしょうか」

「ううん、それはダメ。いったん決めた値段は簡単に変えるもんじゃないわ。それより」

ひそひそした話し声。ああ、と男が優しい声をあげる。

「それはいい考えだ。さすがおかみさんはアイディアマンですね」

「おべんちゃら言っても何も出ないわよ」

ふふふ、と二人は親密な様子で笑い合っている。酒の香りがふんわりと漂ってきて、疲れているせいか、勝は匂《にお》いだけで酔いそうになってきた。

やっぱりよくない雰囲気だ。帰ろう、と、後ろから郷子の肩をつついた瞬間、前のめりになっていた郷子が最後の一段を踏み外してつんのめった。あっ、と無様な声をあげた郷子は勢い余って前方の壁に激突し、そのあと額を押さえながらうずくまってしまった。

「誰だ！」

つかつかとやって来たのは料理長だった。

彼の持っていたランタンの光が怖い顔を浮かび上がらせる。青くなった勝は、下腹を震わせながら進み出た。

「す、すみません。こんな場所に部屋があるなんて知らなかったので、つい……」

顔を上げた勝の視線の先には、十畳ほどの空間が広がっていた。その壁の一面に酒樽《さかだる》がいくつも並んでいる。

酒樽の前には小さなグラスを持ったとし子が立っていた。樽の中身を飲んでいたらしい。そのうっとりするような匂いは確かに、この店の名物・文化ブランの香りだった。

文化ブランは大正時代、高野とし子の祖父によって開発された、ブランデーなどさまざまな酒の混じったカクテル酒である。文化、というのは文化人形や文化住宅などの派生語があるように、「モダンな」とか「流行の」といった意味で大正時代によく使われた言葉だった。

千葉の醸造場で造られたのち、文化ブランはこの店に運ばれており、かつては隅田川が酒を運ぶための運河として使われていた。

そこまでは勝も知っている情報だった。そして文化ブランは「誰でも美味しくお値打ちに飲める洋酒を」という目標を掲げて造られたようだが、それにしてもとし子の祖父はすごい、と勝は何度でも思う。オリジナルの酒を自分で開発してしまうなんて、よほどの情熱と執念がなければできることではない。

「関東大震災のあと、このあたりは本当に焼け野原で、何もなくなってしまったから。それ以降はまた何かあったときのためにって、秘蔵しておこうという話になったの」

そう言ってとし子はグラスの酒を飲むと、きゅっと口を結んだ。アルコールの強さに反応しているのだろう。

つまり、さきほど聞こえてきた「十年はいけるかしら」というのは、緊急用の酒をあと十年はこのままで保存できるだろうかという意味らしい。それなら先日、郷子が偶然見かけた現場は何だったのか。

「貯蔵庫にネズミが出たって聞いたから、こっちは大丈夫かと思って、見に来たときのことかな。泥棒に知られたくないから、あまりこの場所はおおっぴらにはしていないんだ」

料理長の視線の先にはねずみ取りが仕掛けてあった。それなら厨房や貯蔵庫の電気が奥の方にしか点いていなかった理由は、「おおっぴらにしたくない」という心理ゆえだろうか。

「それにしても何だって二人はこそこそと覗きに来たんだ。見たなら見たで、この部屋のことだって、堂々と聞いたらいいじゃないか」

料理長が問い詰めると勝は顔を伏せてしまった。が、額にたんこぶを作った郷子は平気な顔で言う。

「勝さんは、おかみさんと料理長が男女の仲じゃないかって、疑っていたんです」

「ええっ」

勝はつい声をあげてしまった。

おいおい、と口を曲げた料理長が、困ったように無精ひげの生えた頬《ほお》を撫《な》でている。

「俺はそう思われるのはありがたいけど、おかみさんに失礼だろ」

「私もずいぶんみくびられたもんねぇ、なんて、ここは言っといたほうがいいのかしら」

とし子と料理長はちらりと視線を交わし、困ったように笑っている。大人の余裕という言葉が頭に浮かび、勝は顔が熱くなった。

もしもおかみさんが男なら、俺は同じように思っただろうか。

女性の店主だから、料理長と「男女の仲」を疑ったのかもしれない。この職場に就職を決めたときのことを思い出す。就職する前にここでアルバイトをしていると、兄の進がやって来て「飲食業に転職か」と、からかってきたのだ。その後「本格的に働いて見返してやったら」と言って店に誘ってくれたのはおかみさんだった。それは人手不足で困っていたからとも言えるが、たとえそうであっても、おかみさんはこの俺を認めて、誘ってくれた人なのだ——。

勝はまともにとし子の目を見られなくなってしまった。一方、郷子は呑気《のんき》な口調でたずねる。

「でもどうして災害時に、お酒を用意しておく必要があるんですか」

「それはうちがお酒を提供する店だからよ。いざというとき、子供は大人がかばってくれるけど、大人のことは誰もかばってくれないでしょ。壁にぶつかって、どうしようもなくて、途方に暮れているときにちょっと入れるお酒っていうのは、緊張をほぐしてくれるから」

「はあ、そういうものですか」

ため息を吐くように洩らした郷子だったが、感化されたのか、「早く私も大人になりたいっ」と嬉しそうに両足を踏み鳴らした。そして、突然ポケットからバールを取り出して、酒樽の載った棚から飛び出ている釘を抜き始めた。

「これ、危ないですからね」

料理長が驚きながら「おまえはそんなこともできるのか。しかも持参の道具で。器用だなあ」と言うと、「おまえじゃなくて、キョーちゃんと呼んでください」と郷子は真剣に返す。

キョーちゃんか、はっはっは、と三人がそろって笑った。

その近くで勝は一人、片手を握りしめ、影が落ちたような表情をしている。

とし子と料理長は男女の関係にある——そう疑った原因は、自分の内面にあると勝は感じていた。郷子は二人の関係を疑わなかったのに、自分のこの店に対する気持ちはその程度だったのか、と勝は情けなくなってしまった。虹代に対する中途半端な気持ちを、もしかしたら二人に投影してしまったのかもしれない。

客席から戻ってきた皿には、またにんじんグラッセが残っていた。

作っても作っても残される。果たして丁寧に作って添える必要があるのだろうか。

むなしくなった勝はつい料理長に聞いた。だが、

「おまえは残飯のことばっかり気にしすぎだ。もっと俯瞰《ふかん》して店の様子を見てみろ」

と料理長は言って、誰が食べたとも知れない皿に残っていたにんじんグラッセをつまんで口に入れた。

「うん、これでいい。でも少し気になるから、ちょっと俺の前で作ってみろ」

にんじんグラッセを出すのはやめる。そんな返事が聞けると思っていた勝は、不満を感じながらも言われた通り一から作ってみた。

「前から思ってたんですけど、使うのは人造バターじゃなくて本物のバターでいいんですか」

予算をかけすぎではないだろうか、どうせ残されるのに……。

「いいんだよ。それでもっとこう、最後にスプーンで煮汁をせっせとかけてやるんだ、ツ

ヤが出るから。おっと、時間はそれくらいで」

勝が目前で作ったにんじんグラッセ。それをつまんだ料理長は咀嚼《そしやく》しながら「うん」と軽く頷いただけだった。問題はない、これでいけということなのだろうか。

銅製の鍋に入ったにんじんグラッセを、勝は見つめる。

いくらこうして手間をかけてやっても、おまえは嫌われものなんだから、しょうがないよなあ。しかし手をかけているうちに愛情めいたものも湧《わ》いてくる。だからこそ食べずに残されるのはつらい。

しかしその後も客に出したにんじんグラッセは、皿に残り続けていた。

果たしてこれを作る意味はあるのだろうか。そう思いながら勝は皿に残ったにんじんを捨てた。

十月も半ばを過ぎた頃、

「すみません、勝さんいらっしゃいますか」

と料理を出すカウンターから、厨房の方へ顔を出した郷子が大きな声で聞いた。他の調理担当者から迷惑そうな視線を受けながらも、勝はカウンターの前に立つ。

「何？　忙しいんだけど」

「お忙しいところすみません。でもいらっしゃってますよ、眉のしっかりしたお義姉さん」

たちまち心臓が跳ね上がった。

慌ててカウンターから外を見ると郷子が示した先を確認する。六人掛けのテーブルに、確かに虹代が座っていて、不安そうにチラチラとあたりに視線を走らせている。今度、ご飯を食べに寄ってください。前に言ったことをおぼえていてくれたのだろうか。テーブルの端に座っている虹代は友達も連れず一人きりだった。

「虹代さん、どうも」

「あら、勝くん」

虹代は、コック帽をかぶり白い調理服を着ている勝をまぶしそうに見上げた。

「にぎやかで、とっても雰囲気のあるお店ね。それにしても、入ってみないとわからないものねぇ」

店内をもう一度見渡した虹代は声を潜める。

「お昼からお酒を飲んでる人ばっかり。ここは何がお勧めなの？」

虹代はくすんだ紫色の和服姿だった。結婚のお祝いでもらったと言っていた瑪瑙《めのう》の帯留めを、今日はつけていない。

昼の賑《にぎ》わいを過ぎた時分だったので、客席はこれでもすいているほうだ。

「お昼ご飯はもう食べましたか」

義理の姉とはいえ、職場なので勝は少しかしこまった口調になった。

「ううん、まだ」

虹代はメニューに目を落とす。

「居酒屋ふうのバーだと思っていたんだけど、本格的な洋食もあるのね」

「一階がバーで二階がレストランなんです。一階でも二階でも基本的に同じものが食べられるから、どっちも似たような雰囲気はあって……あまり気にせずに何でも注文してください」

「そう。じゃあ、ハンバーグにしようかな」

「いい選択です」

にっ、と勝は虹代に笑いかけた。

厨房に戻ると「知り合いか」と料理長が聞いてきた。そうだと答えると、それ以上は詮《せん》索《さく》せず、料理長はテンポよく空気を抜きながら挽肉を丸めてすぐさま焼いてくれた。こんがり焼き上がったハンバーグからは透明な脂が湧き出ている。そこに醤油味のソースをたっぷりかけて、ソテーしたいんげん、こうばしく焼いたじゃがいも、にんじんグラッセを並べた。

熱いものは熱く、冷たいものは冷たいままに提供する。そんな料理長のモットー通りに、できたてを運んでいくと、目を伏せた虹代は飴色《あめいろ》のテーブルに軽く頬杖《ほおづえ》をついていた。そのけだるそうな姿は、すでに店の雰囲気となじんでいる。

勝が料理を差し出すと、気づいた虹代はふっと笑い姿勢を正した。しかし目の下にうっすらと隈《くま》が浮かんでいる。勝はご飯の載った皿も出した。

「美味しそう。いただきます」

ナイフとフォークを使ってざくざくとハンバーグを切った虹代は、口に入れようとしたけれど熱かったようで、いったん休憩。次の瞬間ぱくりと頬張った。咀嚼しながらすぐにご飯もフォークですくって口に放り込む。いっけん上品でおとなしそうなのだが、食べるときの姿は放埓《ほうらつ》。そんな彼女の見せる落差に、勝はやはり惹《ひ》かれるのだった。

「やっぱりお酒にはお醤油のソースよね」

いんげん、じゃがいも、にんじんグラッセにも容赦なくフォークを突き刺していく。その食べっぷりに勝がトレイを抱えたまま驚いていると、虹代は少し恥ずかしそうにして、いったんナイフとフォークを置いた。

「お酒もいただいちゃおうかな。ここの名物の、文化ブランを一つ」

「ええと、俺はまだ飲めないからわからないんだけど、みんなは、ビールといっしょに飲むと美味しいって言ってます」

「へえ！」

すると相席していた労働者ふうの男が二人、「姐《ねえ》さん、この店はまず酒だよ」「グイッといっときな」と勧めてきたので「じゃあビールも。ジョッキで」と虹代は注文した。

飲み方を教えたわけでもないのに、虹代はまず文化ブランをきゅっと喉《のど》に流し込み、ああ喉が焼ける、強いお酒ねぇと言いながら続けてビールもあおった。

「ゆっくりしていって」

勝が伝えると、ええ、と答えたそばから虹代はまた隣の、個人で来ている男二人からそれぞれ話しかけられ、競馬の話題にまざっていた。虹代が競馬をするなんて聞いたことがない。だが普段あまり接することのない種類の人たちと話すのを、楽しんでいるようにも見える。

厨房に戻ってからも勝はたまに客席を覗いた。すると、いつの間にか虹代の話し相手が増えている。テーブルを二つくっつけて、十人くらいの男女と談笑しているようだった。

おいおい、あんなに飲んで大丈夫か？　それに「くろかわ」の仕事は今日休みなのだろうか。

「お義姉さんはなかなかの酒豪ですね。私、お酒の追加注文受けちゃいました」

郷子は余計なことを言いながらも、「でも、とっても楽しそうですよ」と付け足した。

まあ、たまには息抜きも必要だろう。

しかし客席の一角が、ふと静かになった。

見るといつの間に入って来たのか、虹代のテーブルの前に、兄の進が立っている。

虹代の席の周辺に強い緊張がはしり、兄は何か一言二言話すと、彼女の腕を取って連れ帰ろうとしているようだった。

それを振り切った虹代が声をあげ、抵抗している。

あっ、いけない――。だが、厨房から出ようとする勝の腕をつかんだのはとし子だった。

「義理の姉なんです。俺、行かないと」

「大人のことは大人同士で決着をつけたほうがいい。お義姉さんを信用して」

とし子はそう言っただけだった。

しばらく虹代と兄の二人は、声を抑えながら口論を続けていた。しかしふいに兄の進が語勢を強くする。

「こんな場所で、一人で酒を飲むような女だとは思わなかったよ。勝がいる店だから心強いのか」

酒の勢いもあったのか、虹代はバンッとテーブルに両手を叩きつけるようにして立ち上がった。

「勝くんは関係ありません。私は私の意思でこのお店に来てお酒を飲んでいるんです。あなたのほうこそなんですか。昔の女とねんごろになるなんて」

それから二人の争う声は複数の客の喧噪《けんそう》にまぎれ込んでしまった。

「この姐さんははっきりしてる。これぞまさに浅草の女だよ」そんな声が飛んできた。同席していた労働者ふうの男たちだけではなく、何を職業にしているのかわからない中折れ帽をかぶった男まで応戦してくれているようだった。

互いに胸の内をさらけ出すようなやり取りを耳にし、勝は心臓が痛くなった。厨房と客席をつなぐカウンターから外を気にしていると、

「もう戻れ。忙しいんだから」

と厨房の先輩が鋭い声を飛ばした。夕方の客が増えてくる時間にさしかかっている。

「あの程度の騒ぎなんて、酒が入ればしょっちゅうあるだろ」

「――はい」

そうだ。酒が入れば人間は、地の部分が出て言い争いになることはある。逆にそのほうが、彼女は苦しい心の内をさらすことができるわけだから、むしろよかったのかもしれない。虹代さんがんばれ、あんなやつに負けるな。

祈るような視線を送ったあと、勝は気を引き締めて自分の仕事に戻った。

その後虹代は黒川の家を出て、生家に帰ったようだった。

それから一カ月ほど経過し、十一月の後半。

「おい、勝、呼んでるぞ」

厨房の先輩に手招きされた場所は店の裏口だった。

誰だろうと思いながら向かうと、墨色の羽織を着た虹代が立っている。

「この前はごめんなさい」

今日は瑪瑙の帯留めをつけていた。たぶん、兄のもとに帰るのだろう。

そっと察した勝は、俺は何もしらないのだと自分に言い聞かせ、とぼけたふりをしていようかと思ったけれど、それも無理がある。

「『くろかわ』に帰るんですか」

と、はっきり言った。

「はい、帰らせてもらうことに決めました」

今日の虹代は頬が赤く顔色がいい。

帰らせてもらうことに決めました。嫁という立場からすると生意気そうに聞こえる発言だが、「決めた」という言葉は自発的で、後悔がなく、虹代らしくもあった。

「実家にいる間こんなに作っちゃったから、今度お店のほうにも置かせてもらえないか、ちゃんと聞いてみようと思っているの」

虹代は持っていた巾着袋《きんちゃくぶくろ》の紐《ひも》をゆるめた。中にはちりめん細工の小物がたくさん入っている。

「あんなやつのもとに、帰っていいの？」

自分にはもう口を挟む余地はないのだろうか。

不機嫌にならざるを得ない勝は、ついぶっきらぼうな口調になってしまった。

「進さん、この前、私の実家に来てくれたのよ」

驚いた勝は目を見張る。

「あいつが？」

「ええ。このあたりからだと、お化け地蔵のそばまで歩いて四十分くらいかかるでしょ。もう雪まみれになって、うちの玄関に立っていたの」

すまなかった。

そう言って頭を下げると、頭や肩に載っていた雪がどさっと落ちたのだという。

どうやら一カ月ほど前の口論の際、虹代が言いたいことをはっきりと伝えたのがよかったらしい。

それまで彼女は見合いで嫁いだ嫁という立場上、遠慮ばかりで言いたいことを言わず、あらゆる不満を抑圧し本心を隠していた。だがそれを、もうどうにでもなれという覚悟のもとにさらしたことで、兄は虹代がちゃんと心を持ち、自分に対して嫉妬を抱く普通の女だったと気づいたのだという。

「あきれたなあ。虹代さんはいつだって、ちゃんとした女性だったと思うけど」

苛立《いらだ》ちを感じた勝は、頭上のコック帽をつかんで外した。

「ううん、そうでもなかったのよ。私のつまらない意地が邪魔をして、自分については何も言わないで、私、進さんの前でお人形みたいになってたのかもしれない」

「俺の前でははっきりしてるのに」

「ええ、ほんとに」

微笑を浮かべた虹代は勝の肩についていたほこりを手で払った。その触れ方は、明らかに弟と接するときのそれだったので、勝はますます腹の中が落胆と怒りで、ごちゃまぜになってしまった。

俺を異性として意識しているわけではないから、放埒なところも平気で見せられるというわけか……。

噂で流れてきた「吉原の女」というのは、別に吉原に住んでいるわけではないようだ。戦後、兄と付き合いがあった「昔の女」ともまったく違う別人——それなら誰かというと、今は戦争未亡人となった、兄の戦友の妻のことなのだという。

「戦時中に何があったのかはわからないんだけど、進さんは、戦友を死なせてしまった原因が自分にもあると思っているみたい。だから、そのご友人の奥さまに、責任を感じていたようね。その女の人、今度、進さんの知り合いと再婚するんですって」

「その話、どこまで本当なのかな。信じるの？」

ぐっと目に強い光をたたえた虹代は頷く。

「信じるわ」

「でも……」

「信じるしかないじゃない。だって進さん、このお店で、私が昼間からお酒を飲んで、夫への不満をぶちまけたところを目にして、初めて私を『生きている女だ』って思ったって言うのよ。それなら私も、頭を下げて、話したくない戦時中のことを打ち明けてくれた進さんを、親の決めたただの『お見合い相手』じゃなくて、戦争から戻って私と結婚してくれた男の人として接しないと失礼じゃない。やっぱり、戦争の経験込みで〝進さん〟なのよ」

勝は唸《うな》るしかなかった。

まだ十九の自分には立ち入れない感覚が鏤《ちりば》められていて、理解が追いつかない。いや、虹代さんと兄はすでに、自分が立ち入れない二人だけの世界を確実に築きつつあるということだろうか。

もっと俯瞰して見てみろ、と料理長は言っていた。

つまり男女の関係を俯瞰して見てみれば、今回のゴタゴタや、虹代の一カ月程度の帰省など、夫婦の長い人生においては些細《ささい》な出来事でしかない、ということだろうか。

兄は、虹代の放埒さをこれから、さらに知っていくのだろう。兄と競える点があるとしたら、自分はすでに彼女の魅力的な落差を知っているということだ——おまえは気づくのが遅いんだよ、と勝は胸の内で吐き捨てた。

「俺、もう店に戻らないと」

「時間を取ってごめんなさい。いろいろご迷惑をおかけしました」

「よかったですね」

にやりと笑って、勝は何とか強がってみせた。目尻《めじり》に小さな皺《しわ》を寄せた虹代は幸福そうである。

「このお店のおかげよ」

勝はこの店に集まる酔っ払いの顔を思い出して笑ってしまった。こうやって、大人は大人同士で酒を酌《く》み交わし、議論し、各自の問題に決着をつけていくのだろう。そういう場が、街には必要なのだろう。

じゃあと言って店を離れようとした虹代だったが、思い出したようにくるりと戻ってくる。

「一つだけ教えてもらえる？　ハンバーグについていたにんじん。あれはどうやって作っているの？」

どきんと心臓が波打って、緊張した勝は、慎重に返す。

「もしかして、美味しくなかった？」

「ううん。すごく美味しかったから、びっくりして」

「本当に？」

ふふふ、と虹代が目を細めている。

「何て顔をしているの」

「だって、だってさ……。よく残す人がいるんだよ。甘いのが嫌なのか、にんじんが嫌いなのか、よくわからないんだけど。美味しくないのかなあ、こんなもの無いほうがいいのかなって、最近考えちゃって――」

「残してるのって、もしかして子供じゃない？　だって私のテーブルにいたおじさまやおばさまたちの中に、にんじんを残してる人なんて誰もいなかったわよ」

ハッとする。

にんじんの残っている皿のことばかり気にしていたが、もちろん残さずに返ってきた、からっぽの皿だってあったはずだ。

「確かに野菜嫌いな子供は残すかもしれないわね。でも、大人は残さないと思うな。甘いにんじんがあるから、ハンバーグだって美味しいんじゃない。紅葉麩の載ったうどんといっしょ。それにたとえ残す人がいたとしても、最初にパッと目に入ってくる色合いって大切よ。オレンジ色や緑色がない、ただの茶色いハンバーグだけだったら、料理が出てきたときのワクワクする感じもだいぶ減ると思うけど」

その通りだ。食感や風味だけではなく、目で味わうのも料理のうちに違いない。これもまた「俯瞰して見る」ということになるのだろうか。

男女の関係にしても、今の仕事にしても、自分はまだ未熟なのだと勝は突きつけられたような気がした。けれど同時に、そういった教えを授けてくれる店で働けることに誇りを感じる。

大人になるのも悪くない、大人になって、早く自分も堂々と文化ブランを飲んでみたい。そんな気持ちになってくる。

「あのにんじんは、グラッセという料理で、実は、作っているのは俺でして」

「えっ、勝くんが作ってるの？　今度作り方を教えて」

今度と言われながらも勝は、バターの量と最後に煮汁をせっせとかけてやるなど、大事なポイントだけはその場で伝えるのを忘れなかった。ちょっとばかり得意になりながら。愛の告白をするきっかけは、断たれてしまったけれども。

今日も勝は厨房で玉ねぎを刻んでいた。その隣で皮をむいている郷子は、前髪を朝顔のちりめん細工がついた髪留めでとめている。

「秋なのに朝顔か」

髪留めを見ながらわざと聞くと、郷子は平然と答える。「かわいいからいいんです」

勝はずっと聞きたかったことを聞いてみる。

「あのさ、前に俺を見て、恋をしている目とか何とかって、言ってたよな」

「はい、『恋したあげく、その相手に告白してもこっぴどくふられるのがわかっているから何もできない、欲求不満の女の子みたいな目』です」

よくおぼえているな、と苛立たしさを感じながらも加える。

「まだ十七だよな」

「はい」

「十七で、どうしてそんなことがわかるの？　実は遊んでるとか」

「私のどこを見たらそんな言葉が出てくるんでしょうか」

こちらを向いている郷子は貧相なお下げ頭に、玉ねぎ対策なのか、最近給料で買ったという冴えないめがね姿。雑誌や本を読むのが好きらしい。

「そうだよな、俺もそう思うんだけど、でもなあ」

不思議に思っていると、前に向き直った郷子が言う。

「私は集団就職先で、女の地獄を目の当たりにしてきましたから」

「えっ、女って言っても……まだ十五とか十六とか、それくらいだろ？」

おまえに男女のことなんて何がわかる。そんな意味を込めて言ったのだが、郷子は顔の前で指を振る。

「しょせんは十五、十六の、高校に進学できなかった世間知らずの女の子たちです。でもそんな少女たちが突然大人の世界に放り込まれるわけです。彼女たちの大切な時間を費やして貯《た》めたわずかなお金、若さ、あどけない優しさ。そこにつけこむように群がってくる外道のような男や、大人たちを、私は今まで見てきました。この世には不幸になっていく女の子を見て、密《ひそ》かに喜ぶクズみたいな人間がいるんです。勝さんは知らないでしょうけど」

勝は言葉を失った。聞いているだけでぞっとする。

普通に高校に入って自分が過ごしてきた三年間、その裏で郷子はいったいどんな人生を歩んで来たのだろう、と興味が湧いた。

「もっと知りたいですか」

郷子は勝の周りをうろうろし始める。

「それより勝さんのほうはどうなったんですか。お義姉さん、明るくてきれいな方でしたね。そんなお義姉さんに悲しい思いをさせていたご主人は、もしかしたら心に暗いものを抱えているのかもしれませんね」

兄が抱えている暗いもの。戦争中や抑留された際に経験したことだろうか。

あいつも、俺が思いもつかないような経験をし、嫌なものを見て来たのだろうか。そんな想像ができるこのお下げの田舎女もまた、本当は十五、十六で見なくてもいいようなものを見てしまった、ということだろうか……。

ああっ、と勝は小さく叫んだ。

だから何なんだ。

「うっとうしいなあ！　変な詮索《せんさく》してくるな。あっ、もしや、その話をもとに何か脅迫でもするつもりか。俺はそんな手には乗らないからなっ」

「最初に話しかけてきたのは勝さんじゃないですか。それに脅迫って何の話ですか。そんなつもりありませんよ！」

強く言い返された勝は、でも前から何か求められている気がするんだよなぁと困惑しながら、どきっとする。もしかしてこいつ、実は俺のことが……いやいやいや。自分の考えを振り切るように首を振った。

「わかった、何か要求があるんだな。前から意味ありげにチラチラ見たりして。おまえは俺にどうしてほしい？」

すると、用を足すのを必死に我慢するような表情をしばらく浮かべていた郷子は「確かに、一つあります」と言ってから一息に叫ぶ。

「私のことをおまえって呼ぶのは止《や》めてくださいっ」

「ついに本音を言ったな。じゃあどう呼んでほしい？　畠山さん？　郷子さまか」

「違います。キョーちゃんと呼んでください！」

「キョ……」

内股で立っている郷子は、よほどの握力を込めているのか、玉ねぎをつかんだままの手が赤くなってプルプルと震えている。

「わ、わかった。落ち着け、キョーちゃん」

なだめるように言うと、満面の笑みを浮かべた郷子はぴょんと飛び上がった。

「やったあ」

すぐに前を向いて仕事を再開した郷子は願いが叶《かな》ったからだろうか。あとは黙々と皮をむいているだけだった。

3
キョーちゃんの青空

新仲見世通りにある喫茶店へ向かうと、窓際の席に橋本小巻と彼女の母親が座っていた。

「ほら、あの子がキョーちゃんよ」

足音でわかったのか、壁を背にして座っている小巻がそう言うと、彼女の母親は振り返って立ち上がり握手を求めてきた。

「あなたが畠山郷子ちゃんね。今日はうちの娘をよろしくお願いします」

「はあ、あの、こちらこそ」

大人の女性にがっしり手を握ったまま頭を下げられたので、郷子は慌ててしまった。

「お母さんはいちいち大げさ。キョーちゃんが気を遣うじゃない」

「でもお世話になるんだから。どうぞ小巻の隣に座ってあげて」

言われた通り並んで座ると、色つきめがねをかけた小巻はクリームソーダを飲んでいる。

今日の小巻は首周りにレース編みがついた紺色のワンピースに白いブーツ、洒落《しゃれ》た修道女のような出《い》で立《た》ちだった。

「郷子ちゃんは何がいい？」

「水でいいです」

「そんなこと言わないで。ちょっとお昼には早いけどカツサンドを頼みましょうね。ここのカツサンドは有名なのよ」

郷子にもクリームソーダを頼んでくれた小巻の母親は、やたらと店員にペコペコと頭を下げて気を遣っている。

カツサンドはとんかつが二枚も挟まっている豪勢なものだった。

「このカツの重なった部分、くちびるみたいに見えますね」

郷子の言葉にピクリと反応した小巻が、「へえ」と興味深そうに洩《も》らす。

「じゃあ食べるときはまるでキスするみたいね」

「——小巻」

鋭い囁《ささや》き声で娘を制した母親は、「しっ」と息を飛ばし眉《まゆ》をひそめ、鬼のような形相になっていた。

「何？　キスくらいいいじゃないの」

「しっ、女の子が人さまの前で何てことを、不謹慎ですよ」

「不謹慎も何も、大人は誰《だれ》でもしているようなことじゃない。お母さんだって私が見えないのをいいことに、お父さんとキスくらいしてるんでしょ」

慌てて皿にサンドイッチを取り分けた郷子が割って入る。

「ああ、群馬の田舎にはこんな都会の食べものを食べられるところはなかったです。何て美味《おい》しそうなんだろう！　ほら、小巻ちゃんの前にサンドイッチを置いたよ。小巻ちゃんのお母さん、これは熱いうちが美味しいんですよね」

ハッとした小巻の母親が、「そうそう、いただきましょうね」と急に目尻《めじり》を下げて言ったので、郷子はやっとカツサンドにありつけた。

パンが薄い、キャベツも薄い。けれど、とんかつだけはとにかくぶ厚い。齧《かじ》ると揚げたての脂がじゅわっと口中に流れ込み、火傷《やけど》しそうになった。

「あふあふ、美味しい、美味しいー！」

興奮した郷子は二度言ってしまった。

その反応が満足だったのか、隣で小巻がニヤニヤしている。

「郷子ちゃんは集団就職で高野バーに勤め始めたんですってね。ご家族のために覚悟を決めるなんてえらいわ。ところでお父さんとお母さんはどんな方？　ご家族は今の職場について何とおっしゃっているの？」

郷子の口から、たちまちカツサンドのソースと肉の味わいが消えてしまった。

「お母さん、キョーちゃんは今、ウェイトレスの仕事を極めようとしているところなんだから、ご家族と連絡を取る余裕なんてないのよ。今日だって忙しいのに、何とか抜けて来てもらったんだから」

「あら、そうだったのね。郷子ちゃん、今日は本当にありがとう」

郷子の顔をじっと覗《のぞ》き込みながら、「どうぞ、うちの娘をよろしくお願いします」と言って、小巻の母親はまた深々と頭を下げてきた。

喫茶店の入り口で別れる際、彼女は郷子に羊羹《ようかん》の入った紙袋を持たせた。ずっしりと重たい羊羹が二本も入っているから、高野バーのみんなで食べてくれということなのだろう。

小巻には言えないが、なかなか押しが強そうな母親である。その母親の姿が遠くなったところで、小巻が醒《さ》めた声を出す。

「お母さん、いつもああなの。今日だって浅草の街を一日中歩き回るって言ったのに、キョーちゃんに重たい羊羹を持たせるなんて、やんなっちゃう。いつも変なことを気にして、ピントの外れたようなことばっかりやってるし。それ、荷物になるでしょ」

「まあ、こうして肩にかけておけば大丈夫」

郷子はウェイトレスの先輩からもらったお下がりのバッグに、羊羹の入った紙袋を小さくして入れた。刺繡《ししゅう》入りのバッグは羊羹の重みで底が撓《たわ》んでいる。

しかしそれが見えない小巻は、バッグを持っていない郷子の左腕に自分の右手を添えると、

「さ、もう行こう」

と言って郷子の少し後ろに立った。

郷子はぎこちない動きながらも、小巻を伴って歩き始める。小巻は一人で歩くときより、郷子が先導したほうが足の進みがずっと速い。前後左右にある、あらゆる障害物を避《よ》けるために気を配る必要がないからだろう。

「あの店のカツサンド、とっても官能的な味がしたわね。でも今日はキョーちゃんとめいっぱい街を歩き回って、もっとお肉を食べるのよ」

郷子の腕をつかむ小巻の手に、ぐっと力がこもった。

「でも私、給料日前だから、そんなにお金持ってないよ」

「大丈夫。さっきお母さんからお金をもらってきたから」

「でもお肉なんて高いものを食べたら、何だか悪いことをしているような気になっちゃうかも」

「何言ってるの？　さっきパクパク食べてたじゃないの」

「ま、まあそうだけど」

郷子はどぎまぎしながら、小巻の手をポンポンと叩《たた》いた。

「それに今日は仕事休むのにも、けっこう勇気がいったんだよね」

「とし子さんが休むなって言ったの？」

「うーん、むしろおかみさんは『年末は忙しいんだから、休めるときに休め』って背中を押してくれたんだけど。でもやっぱり私は、小巻ちゃんのお母さんに本当のことを言えないように、集団就職先から逃げてきた肩身の狭い身だから、将来のお金についても心配だし、こんなふうに遊んでる場合じゃないっていうか……」

小巻が足を止めた。

郷子が見ると、彼女は口の下にワナワナと皺《しわ》を寄せている。

「さっきから何をごちゃごちゃ言ってるの？　お母さんにキョーちゃんの本当のことを隠したのは、あの人が体裁とか世間体ばっかり気にしてる面倒くさいおばさんだからよ。それに今日は一日、私の遊びに付き合うって約束したでしょ。ちゃんとした名目があるんだからガタガタ言わないで。休むときはしっかり休む。休暇は労働者の権利。十七歳の女の子は、十七歳の女の子らしい休日を送る権利があるのよ」

ああっ、と小巻はイライラしたように頭を振る。

「せっかく美味しいカツサンドを食べたのに、逆に取って、悪いことが起こるんじゃないかっていう貧乏臭い発想なんて私は嫌。肉こそは正義！　女の子はタンパク質と鉄分がたっぷり含まれた肉を食べることが大事なの。わかった？」

小巻は、左手に持った杖《つえ》の先をバシッと地面に叩きつけた。その迫力に押されて郷子は慌てて頷《うなず》く。

「わ、わかったって。ああ、驚いた」

「それとも、もしかして……本当は私といっしょに歩くのが嫌なの?」

眉をひそめた小巻は、急に悲しそうな表情を浮かべた。

そんなことないよ、と郷子は言ってやりたかったが、少し面倒だとは思っていたので言い訳するのが遅れてしまった。実際、反抗期まっただなかの娘と母親の場外乱闘に巻き込まれた感はある。

郷子が困っていると、

「そうよね、そうだよね。せっかくの休みの日に、私の相手なんてしたくないわよね」

ううっ、と洩らした小巻は片手で顔を覆ってしまった。

まさか泣かせてしまったのだろうか。郷子が顔を覗き込むと、泣いてはいないようだ。

「そんな言い方やめてよ。二人で歩いているときに、もしも小巻ちゃんに怪我《けが》をさせたらどうしようとは思ったよ。だから、誘導しながら歩くなんて面倒かもって思ったのも確か。だって目の不自由な人と歩くのなんて、私初めてだもん。だから速いとか、遅いとか、誘導の仕方に気になることがあったらはっきり言ってね」

顔を上げた小巻はにっと笑った。

「やっと本音を言ったわね。でも、私が怪我をしたときは私の責任だから、キョーちゃんは気にしたらダメよ」

そう言われ、郷子は心の負担がだいぶ軽くなった。

小巻とは高野バーで何度も会っているが、店の外で一日いっしょに過ごすのは初めてなので、やはり少しぎくしゃくしてしまう。

はあ、と深呼吸した小巻は郷子の腕をつかんだまま天を仰いだ。

「今日はいい天気ねえ。空気でわかる、最高の行楽日和だわ」

小巻の色つきめがねに晴れた秋空が映り込んでいる。

高野バーで働き始めてから二カ月経《た》った郷子だが、今日まで行楽なんて一度もしたことはなかった。店に勤めてからはアパートと店を行ったり来たりの日々で、週に一度の休みも、川崎の工場長と人事担当の女に見つかるのではと思うとゆっくりできず、気持ちが休まる日もなく、買いものも銭湯も逃げるように済ませていた。

しかし工場長と人事担当の女には、上野での一件以来会っていない。だから会うことはもうないだろう、という予感もあった。それに地図を見たら川崎と浅草はかなり離れている。我ながらよく歩いて来たものだ。

「大衆演劇って、どういう感じのものなの？」

小巻が今日いちばん行きたいと主張していたのは大衆演劇だった。

「大衆演劇はチャンバラとか人情物の時代劇をやるお芝居のことよ。すごくわかりやすいお話が多いの。それで役者と客席がとにかく近い。だから私なんて、毎回ドキドキしちゃって大変なの」

想像するだけでも楽しいようで、小巻はうっすら頬《ほお》を染めている。「演じている劇団は、まあ、一言で言えば全国を巡っているドサ廻《まわ》り集団ね」

ドサ廻り、と郷子は驚きの声をあげた。

「ファンなのに、どうしてそんな言い方をするの？」

小巻のファンとしての心理がわからない。小巻はふふんと鼻を鳴らした。

「自分たちを謙遜《けんそん》する意味で、彼ら自身がそう言ってるの。それだけ彼らは自分の芸に自信があるってこと。それを粋《いき》って言うのよ」

粋。ほほう、と郷子は頷いた。何ていい言葉なんだろう。小巻が彼らを「ドサ廻り」とたとえるのはあまり粋ではないけれど、粋という表現自体は使いこなしてみたい。

「ところで話が変わるけど、キョーちゃんは最近ご家族と連絡を取っているの？」

「まさか」

「あら、どうして？」

「だって、粋とはかけ離れたような人たちだもん。恩着せがましくて、お金に汚くて、私のことなんて、ただの手下としか思ってないと思う。連絡なんかしたら何を言われるかわからないよ」

郷子は声が小さくなってしまった。

「じゃあキョーちゃんは、この街でもっと粋な文化に触れるべきね」

小巻は軽くそう言って、それ以上は聞こうとしなかった。

必要以上に個人の領域に入り込まない。少し寂しい気もしたが、それもまた粋の一つのかたちのような気がして、郷子は感心してしまった。

浅草寺にまっすぐ繋《つな》がる仲見世通りは、人でごった返している。

だからあえて一本横にずれた道を二人は歩いて行った。その最中、車は一度も入ってこなかった。せっかちな歩行者は多いが、浅草は基本的に歩行者中心の街なので、突然車に轢《ひ》かれそうになったり、車のせいで必要以上に足止めをくらったりはしない。

小巻ちゃんがこの街が好きな理由の一つは、そういうことなのかも。

ふと郷子はそう思った。目の不自由な人にとって、突然ビュンとやってくる自家用車は脅威以外の何物でもないだろう。

仲見世の、赤い軒《のき》の向こうに見える空。差し込む陽《ひ》を受けながら小巻が口ずさむ。

夕暮れに　仰ぎ見る　輝く青空
日が暮れて　たどるは　我が家の細道
狭いながらも　楽しい我が家
愛の火影の　さすところ
恋しい家こそ　私の青空

「私ね、エノケンの歌う『私の青空』が好きなの。知ってる?」

「うん。工場で働いていたとき、ラジオから流れてきたから」

「私は、近所のたばこ屋さん。もしかしたら、同じラジオを聞いていたのかもしれないわね」

『私の青空』は開けっぴろげな歌い方がエノケンの人柄を感じさせる曲だが、その歌詞は、家族から邪魔者扱いされるように集団就職先へ送り込まれた郷子にとって、なかなか辛辣《しんらつ》なものだった。けれど気持ちのいい流れがある曲なので、つい口ずさんでしまう。

「あの歌のね、『狭いながらも楽しい我が家』ってところが、私は好きなの」

「狭いながらも……」

郷子はぽつんと繰り返した。

それを得るのがどれだけ難しいことか。

長く歌われている曲だから、戦争を経験した人たちもそのイメージに憧《あこが》れていたのだろうか。今日一日歩き回るお金を母親からもらった、裕福な家の子である小巻であっても、果たして同じなのだろうか。

ちらりと小巻の顔を見た。

浅草寺でお参りを済ませると、映画館や劇場がたくさん並ぶ六区方面へ向かった。

「左右に露店がぎっしり並んでる」

キョロキョロしながら郷子が言うと、「おもしろい？」と小巻。

うん、と頷きながらも郷子は上の空だった。同じ浅草とはいえ、飲食店ばかりが建ち並ぶ高野バーの周辺とは違う景色が広がっている。雑多で少しうさん臭い、見世物小屋やサーカスに似た雰囲気が、あたりに満ちみちている。

「昔、このあたりには古着を売っている露店がたくさんあったの。それで、その古着っていうのは、戦後のドサクサに紛れて大阪《おおさか》や名古屋《なごや》から流れてきた盗品ばかりだったのよ。ほら、子供の服とか、たまに名札が縫いつけられているじゃない？　字の薄くなったところには『船場《せんば》』なんて書いてあったりして。逆に、東京の盗品は大阪や名古屋の方に流れていたんでしょうね」

「盗品を売るなんて大胆だね」

「闇市《やみいち》とかあって、めちゃくちゃな時代だったらしいから。そもそもこの街は個性的な街なのよ。お寺と、職人と商人の街でもあり、芸能の街でもあり、食の街でもあり、めちゃくちゃな街でもある」

「めちゃくちゃ」

つぶやきながら、郷子は高野バーに来る客の面々を思い出した。

確かに店には、平日の昼から酒を飲んでいる、何を職業にしているのかわからない、得体の知れないめちゃくちゃな感じの人たちがたくさんいる。そして今、郷子の目前に広がる世界にも、闇市の頃の雰囲気は残っているようだった。

バナナの叩き売り、さざえのつぼ焼き売り、焼き鳥屋、お好み焼き屋、ガマの油売り、見世物小屋。それらの前を淡々と走り抜けてゆく人力車。簡素なむしろや板で周囲を取り囲んだだけの出店からはさまざまな匂《にお》いが漂い、掛け声が飛び交い、タンカ売《ばい》のような声まで聞こえてくる。

「ねえキョーちゃん。客観的な説明もいいけど、キョーちゃんが見えるものについては、キョーちゃんが感じたままの言葉で話してくれない？」

「はあ、客観……？」

よくわからず、郷子は口ごもってしまった。すると小巻は微笑を浮かべる。

「客観っていうのは、男の人を『男の人』ってそのまま言うようなもの。感じたままっていうのは主観ね。さっきのエノケンの曲でいえば、『我が家』のたとえとして、『愛の火影のさすところ』、『私の青空』だっていう飛躍した表現が出てくるでしょ。それって歌詞を書いた人の感性で、主観だと思うの。私はそういう生《なま》の言葉が聞きたいの。もちろん誰でもいいわけじゃなくて、私はキョーちゃんの言葉が聞きたいの。キョーちゃんの感じたままを聞いていると、私の知らない新しいイメージが広がっておもしろいのよ」

「へえ、ふうん」

郷子は立て続けに頷いた。わかったような、わからないような……。

「ねえ、さっきから刺激的な匂いがするけど、これは何？」

鼻を動かしている小巻を、郷子はまさにその店の前に連れて行った。

むしろで三方を取り囲んだ屋台の真ん中には大鍋《おおなべ》が鎮座し、その中身がぐつぐつと煮えたぎっている。

「ええと」

郷子はさっき聞いた話を意識しながら説明する。

「お店は、うしろで髪をひっつめにした太ったおばさんがやっていて、おばさんの前には大きな鍋があって、ぐつぐつと茶色い液体が煮えたっている。店の前にはおじいさんがぼんやり立っていて、串刺《くしざ》しになった肉を食べながらコップ酒を飲んでいる。まくり上げているシャツの裾《すそ》から入れ墨……龍みたいなものが見えるから、昔は鳶《とび》職だった人かも」

ふんふん、と小巻は頷いている。

「店のおばさんは、足と首と二の腕がハムみたいでとにかく立派」

「うん」

「店の前には虎《とら》の剝製《はくせい》があって」

「ええっ、剝製があるの？」

驚いたのか小巻が身を引いた。

「でも、小さなガラスケースに入って、鍋の前のテーブルに置いてあるから……」

「ニセモノじゃないの。それで、どんな食べものを売っているの？」

「串に刺された肉。それを醬油《しょうゆ》とか味噌《みそ》とかしょうがといっしょに煮込んでいる感じ。店のおばさんのエプロンは花柄だけど、そのエプロンがちょっと汚れていて……もしかしてあれって、ちんどろちげぇなんじゃねぇかい？」

「ちんどろって、ちょっとキョーちゃん、急に訛《なま》らないでよ。何を言ってるかわからないじゃないの」

「血だらけってこと。ええと、煮込み屋さんなのかな。むしろのかかった屋根からは荒縄で縛った板がぶら下がっていて、そこに『肉』って毛筆で書いてあるんだけど」

いったい何の肉だろう。

背筋がぞっと寒くなってきたとき、くるりとこちらを見たおばさんが「あんたっ」とガラガラ声を飛ばした。

「さっきから何を見てるんだ。見せもんじゃないよ！　買うの、買わないの？　冷やかしならいい加減にしなっ」

叫んだおばさんの口の中が妙に赤かった気がして、ごめんなさいっ、と声をあげ飛び上がった郷子は、小巻の腕をつかみ彼女をひきずるようにして走った。郷子に腕をつかまれた小巻は途中、人にぶつかって転びそうになっていた。それから二人は、壁の前で休憩していたサンドイッチマンの陰に隠れるようにして、はあはあと息を整える。

「ねえ、さっきのって結局何の肉だったの？」

「わかんないけど、牛？　豚？　まさか虎？　それとも……犬？」

「やだあ！」

悲鳴をあげた小巻が郷子の腕をぐいっと引っ張った。その勢いでバランスを崩した郷子は小巻の方に倒れかかる。と、郷子の体重を受けてよろけた小巻は、隣にいたサンドイッチマンの看板の角に頭をぶつけ「痛いっ」と悲鳴をあげた。

「痛いって、あんたたちのほうからぶつかってきたんだろう」

とサンドイッチマン。

「あら、人がいたの？　でもそれなら、確かにおっしゃる通りだわ」

小巻がおどけると、その反応がおかしくなって、郷子と小巻の二人は手をつないだまま弾《はじ》けるように笑い出した。

ビルが少ない浅草の空は、高くて青い。

通りすがりの人たちがこちらを見て不審がっている。

しかし大きな声を出し、腹の底から笑ったせいだろうか。もう郷子の中に仕事やお金や将来への不安はなくなっていた。あるのはただ、今日一日を楽しみたいという膨らむような気持ちだけだ。

それにしても、何かを語る作業はおもしろい。それを小巻が熱心に聞いてくれるのも嬉《うれ》しい。小さい頃から郷子は、親からもきょうだいからも、「逆らうな」「黙って働け」と上から言われることが多かったので、自分の気持ちや要求を抑え込んでしまうところがあった。だから感じるままを言葉にすること自体に、さらさらと水が通うような快さを覚える。

「キョーちゃんは変なものに目がいくのね。普通の子なら金魚とか風船とか、もっときれいなものについて話すと思う」

郷子は不満を感じる。

「小巻ちゃんが説明してくれって頼んだから、言っただけだよ」

「そうなんだけど……でも、やっぱりキョーちゃんらしい表現だったと思う。泥臭くて、ユーモアがあって、私と違う。うん、私と全然違う人って感じがする」

それは自分が貧しい家の生まれだからだろう。

けれど実は、それだけではないのかもしれない。確かに貧しい生まれだが、生い立ち以上の違いが、自分と小巻の間にはある。

「小巻ちゃんはけっこう人使いが荒いよね。いつもそんなふうに、お母さんにもあれこれ言っているの?」

「やだ、そんなことないわよ」

図星だったのか、くちびるを尖《とが》らせた小巻はうつむいている。その子供っぽい拗《す》ねた様子に、郷子は自分の弟や妹の姿を重ねた。

「もう行こうか」

壁から離れて立ち上がった郷子は小巻の手を取って、自然と自分の肘《ひじ》に導いた。

「そのワンピース、素敵だね」

歩きながら郷子が言った。

「これ、お母さんが作ったの。あの人手芸が得意だから。最近レース編みの教室に通うのが流行《はや》っているじゃない？　そういうのにも夢中になっていて」

郷子はレース編みも、その教室が流行っているのさえも知らない。自分は最近の女の子の情報に疎すぎる。

今日の郷子はいつもの黒いワンピースにカーディガン、その上に先輩のお下がりのマフラーを巻いていた。小巻はワンピースの上にクリーム色のコートを羽織っている。

「さっきすれ違った女の子たち、小巻ちゃんの方を見てたよ」

「私が変わったためがねをかけているからじゃない？」

「それもあるかもしれないけど、やっぱりワンピースだと思う」

光沢のある紺色の生地は清楚《せいそ》だが、首周りのレース編みは華やか。二つの異なる要素が組み合わさって不思議な魅力を放っている。

そうだ、と小巻が声をあげた。

「それなら今から私たち、服を交換してみない？」

予想外の提案に、「えっ」と郷子は構えてしまった。

「でも私、これとお古のセーラー服の二着しか持ってないから、きっと臭いよ」

「臭くない」小巻はクンクンと郷子の服の匂いを嗅《か》いでいる。「どうしてセーラー服なんて持っているの？」

「お店の先輩のお古をもらったから」

「ひどい。その先輩、いらないものを押しつけてるだけじゃない」

「そんなことないよ。だってセーラー服を着てたら、学生料金で映画が見られるから」

「なるほど、そんな使い方があったのね。私、思いつかなかった」

意外な活用法に、小巻は心底感心したようだった。

「ね、交換しよう。私、キョーちゃんのワンピースを一度着てみたかったの」

「ええ？　ひどい。何でそんなこと言うの？」

郷子はつい口調がきつくなってしまった。

きれいな服を着せようとするなんて、哀れだと思われているのだろうか。

けれど小巻の反応はどうも違うのだった。目が見えないから、本当に、純粋に、この黒いワンピースの手触りやデザインに興味を持っているのではないかという気がしてくる。そんな雰囲気をたたえながら、郷子の服の端をつかんでいる。悪気は感じられない。

「ねえ、公園に連れて行って」

小巻が言った。たぶんそのお手洗いで着替えようという魂胆だろう。

「どうかしら？」

ワンピースの端をつまんで優雅にポーズを決めた小巻は、驚くほどお洒落だった。ただの黒いワンピースなのに、上からふわふわのコートを着て白いブーツを履いたせいか、いつも郷子が着ているものとは思えないほど素敵に見える。もともと持っていた小さな黒革のバッグも、ワンピースの色と合っていて小憎らしいほどだ。

「シンプルなワンピースは小物で遊べるからいいわね。でもさっきから重い。何これ？」

小巻はポケットから小型のバールを取り出した。

「悪いやつに会ったときはそれでやっつけるの」

「へえ、おもしろそう」

顔を上気させると、またバールをポケットにしまう。

「キョーちゃんはどう？」

「……足が寒い。こんなの、下は裸でいるのと変わらないよ」

郷子は慌ててカーディガンを羽織りマフラーを巻いた。自分の着ていたものよりもだいぶ丈が短い。しかもその下は靴下にローファーだけなので、冷たい風がすうすう入ってくる。

「気分の変化はどう？」

「寒い」

もう、とつまらなそうに言った小巻は、すぐ近くで衣料品の呼び込みをしていた女性をつかまえた。

「すみません。レースのついたワンピースを着ている子は私の友達なんですけど、その子の服装、どうですか。似合っているかどうか教えてあげて」

「ああ、よく似合ってる。まるでお人形さんですよ」

本当にこっちを見たのだろうか。疑問を感じるほどの即答だったが、小巻は嬉しそうに郷子の腕を引っ張ってくる。

「キョーちゃん、お人形さんみたいだって！」

小巻が知らない人に声をかけるのは至難の業だ。その行動力は尊重したい。

「うん、ありがとう」

遠慮がちに伝えると、ちょっと失礼と断ってから、肩の幅、袖《そで》の長さ、腰の位置、と小巻は両手で郷子の身体《からだ》を測り始めた。

「いいじゃない。キョーちゃんは私より背が高いから、モデルさんみたいよ」

お人形さんにモデルさん。そこまで言われると気分は悪くない。けれど自分の服ではないので、やはりしっくりこない。

と、鞄《かばん》の中からピンク色の蓋《ふた》がついた容器を取り出した小巻は、その中身を指に取ると、郷子の膝頭《ひざがしら》に擦り込んでくれた。さらに両手にも塗ってくれる。

「これはももの花ハンドクリーム。キョーちゃんの手、疲れているみたいだから」

小巻の手は真っ白で、きめ細かい。それに比べて郷子の手はガサガサだった。皮膚は乾き、指先はひび割れ、爪の根元にはささくれも目立つ。

「キョーちゃん、本当に今日は仕事休んで大丈夫だった？」

「え、急にどうしたの？」

小巻がしおらしくなったので、慌ててその顔を覗き込むと、彼女は郷子の指にハンドクリームを擦り込みながら、落ち込んでいるようだった。

「この手……私と全然違う。私は毎日ぬくぬく暮らしているお嬢さん。キョーちゃんは私と一歳しか違わないけど、自分の働いたお金で暮らしている立派な労働者。キョーちゃんは私にいろいろ合わせてくれているの？　それはもしかして、私がかわいそうな子だから？」

かわいそうな子。そんな扱いを受けたことがあるのだろうか。

「ええと、私はこの街について何も知らないから、今日は、小巻ちゃんにいろいろ教えてもらっているつもりだったんだけど」

「そう、そうよね。じゃあ私、張り切っていかないと！」

「別に張り切らなくていいよ。いつも通りでいいからね」

郷子は何気ない気持ちで言ったつもりだったが、小巻は少しはにかんでいる。えへへ、やだぁ、と照れ臭そうに笑いながら、郷子の襟《えり》のレースの左右をつかんで整えてくれた。

映画館や劇場の、看板やのぼりがいくつも立ち並ぶ、サーカスのような様相を見せる浅草六区。

その人ごみの中に入った郷子と小巻は、ストリップ劇場からちょうど出てきた太った男と、出会い頭《がしら》にぶつかりそうになった。

郷子は息を呑《の》む。

ばったり顔を合わせた相手は驚いたことに、太鼓腹の、川崎の工場長なのだった。

慌てた郷子は小巻の肩を抱くと、くるりと方向転換させ早足で逃げ出した。

「あれっ、おい、おまえ、何でこんなところに！」

気づいた工場長が背後から声をあげた。

「え、どうしたの？」

少し駆け足になりながら小巻が言った。大通りからあえて細い路地に入った郷子は「何、なにっ?」と動揺している小巻に伝える。

「川崎の工場長がいたの。追いかけて来る!」

「キョーちゃん、私を置いていって」

うろたえた郷子に、大丈夫だからと鋭く囁いた小巻は、杖を使って路地の壁沿いに自ら身を寄せてしまった。

「畠山郷子! おまえまだこっちにいたのかっ、この盗人《ぬすっと》が!」

路地の入り口に姿を見せた工場長が、こちらに向かって走って来る。

しかし太っているので、たまに人が立っている細い路地は走りにくそうだった。

仕方がないので郷子は小巻をそのままにして走った。

別の路地に入ったり、わざと人けの多い通りに入って雑踏に紛れるようにしたり、とにかくさまざまなやり方で逃げることだけに専心した。だが途中、全力疾走したせいか、ワンピースの縫い目が小さく悲鳴をあげてしまった。

その一方で、小巻は大丈夫だろうかという心配が、頭の中に引っかかる。

もう、こんなふうに何かから逃げ回る人生は嫌だ。二度と生家に帰れなくても構わない。ただ、私は堂々と生きていきたい。それだけのことなのに、どうしてこんなにも難しいのか——。

悔しさといっしょに込みあげてきた涙を拭《ぬぐ》った郷子は、ぐるりと遠回りしてから、最初に小巻といた路地にもう一度向かった。

しかし工場長も、小巻もいない。

路地を戻って、さっきのストリップ劇場の近くまで引き返したところでぎょっとした。

何と小巻は、見知らぬ男にたい焼きをご馳走《ちそう》してもらっている。

「ちょっと誰ですか、あっちへ行ってください！」

歯をむき出すようにして郷子が迫ると、「何もしてないよ。困っているようだったから」と言い訳しながら男は小巻のそばを離れた。だがその後も、名残惜《なごり》しそうにこちらを見返ってくる。めいっぱい顔をしかめた郷子は、「しっ、しっ」と男に塩をかけるような仕草を向けてやった。

「キョーちゃんお帰り」

小巻は呑気《のんき》にたい焼きを頬張っている。

「置いていってごめんね。大丈夫だった？」

「大丈夫に決まってるじゃない。だって、キョーちゃんの知ってる工場長と私は無関係だもの。私にまで危害を加えようとしたら犯罪よ」

「でも、どうやって逃げたの？」

小巻は怪我をしていない。衣類の乱れもないようだった。

「だから逃げるも何も、キョーちゃんとはどんな関係だ、知っているのかって工場長に聞かれたから、『あの子は道を教えてくれただけ。私は哀れな障害者』って言って、ポケットから出したバールを構えて、めがねも外してやったの。そうしたら『ひえっ』って変な声を出してどこかに行っちゃった。そのあと、さっきの男の人が来たってわけ」

郷子は、ヘナヘナと身体が縮むほど長いため息を吐《つ》いた。

観光気分に浮かれていた自分の姿が、あっという間に遠のいていく。現実はそれどころではないのだ。工場の人間に会うことはもうないだろう――なんて予感は、当てにならない。

やはり自分はまだ、親の借金を返すことのできない逃亡者、そんな肩身が狭い身の上でしかないのだろう。突然殴りつけられたような気分だった。

「ごめんね、嫌な思いをさせちゃって……」

泣きそうな声で謝ると、小巻はぱくりとたい焼きを食べ終える。むぐむぐと口を動かしながら、

「別にキョーちゃんは悪くないでしょ。どんな事情があったとしても、あんな肥満体の中年男が十七歳のキョーちゃんを必死に追ってるなんて、はっきり言って気持ちが悪い。変態行為だわ」

ありがとう、と言った郷子の声はまだ元気がない。

「ごめん、借りてる服破れちゃったかも」

小巻は郷子の着ていたワンピースの、脇の縫い目を確かめると「こんなの縫い直せばいいだけ」と言う。

「でも、どうして工場長が太ってるってわかったの?」

「声と呼吸と汗の臭《にお》い」

そこで言葉を止めた小巻は郷子の左腕を取ってくる。

「ああ、嫌。醜い男の話なんてもう嫌っ。今日は私たち女の子の日なんだから、邪魔するやつが悪いに決まってる。キョーちゃんが落ち込む必要なんて一切なし!」

郷子は自分の左側に温かいものを感じる。自分の味方をしてくれる確かな存在——。だからこそ、工場の件はきちんとけじめをつけないと、と思うのだった。

結局、小巻に頼んで服はまた交換してもらうことにした。

そうして着慣れたワンピースに戻ったものの、一度沈んでしまった郷子の気持ちはなかなか戻ってこない。けれどそんなときだった。視線の先で、ゴミ箱を覗きながらあっちへふらふら、こっちへふらふら歩いているのは、確かに、上野駅で郷子を助けてくれた浮浪者のロクさんである。

会いたかった人に会えた嬉しさで、急に身体が軽くなった郷子はすかさず話しかける。

「あの、ロクさんですよね！　私、九月に、高野バーのとし子さんを通じて上野で助けてもらった者です」

「ああ?」と、迷惑そうに振り返ったロクさんの反応は薄い。が、郷子は気にせずに続ける。

「その節はありがとうございました。逃げるときにお借りした上着、放《ほう》り投げていっちゃってごめんなさい！」

やっと反応があった。ゴミ箱から紙の容器をいくつも見つけ出したロクさんは、

「ああ、あのときの子か。それより食べるかい?」

と言って蓋を開けた。中に入っているのはさつま芋の天ぷらばかり。

「これ、食べられるんですか」と郷子。

「もちろん。こうやって、副菜ばっかりまとめて残すやつがいるんだ。しかし人生という主食は副菜があってこそ。醤油と砂糖と酒で煮詰めればうまい天丼《てんどん》の出来上がり」

「確かに、そうすれば熱々だし美味しそうですね」

「だろう?」

郷子が本心で言ったからこそ通じたのか、ロクさんは歯のない笑顔を見せる。

「何が美味しそうですね、よ。そんな腐ったもの食べちゃだめ」

小巻が横から入ると、おや、とロクさんは目を丸くした。

「あんた、目が見えないの」

「ええ、そうよ」

「それならゴミ箱から拾った天ぷらも、揚げて少し時間の経った天ぷらも同じじゃないの？」

「あはは、それもそうね……なわけないでしょ。私にお腹《なか》を壊せって言うの？　ふざけたこと言わないで」

小巻は郷子の耳元で囁く。

「この人浮浪者でしょ。本当にキョーちゃんを助けてくれた人なの？」

「本当だよ。あ、そうだ」

郷子はロクさんを見た。「さっきも川崎の工場の人間に追いかけられて、つかまりそうになったんです。でも今日はこの小巻ちゃんが私を助けてくれました。つまりロクさんと小巻ちゃんは私の恩人、似た者同士！」

おお、と嬉しそうなロクさんは友好を示そうとしたのか小巻に握手を求めた。だが気配を察し、ロクさんの手を払いのけた小巻は、後ろに下がるとうんざりした表情を隠そうともしない。

「そうか、そうか。それは勇気があって立派なことだ。本来ならあんたがこの子を助ける立場だろう？」

「そうなんです、逆に助けられちゃいました」

郷子が笑っていると、ロクさんも笑いながらズダ袋にどんどん天ぷらの箱を入れていく。

キョーちゃんって変な人と知り合いなのねぇ、とつぶやいた小巻がたずねる。

「もしかして、ロクさんっていう名前は、浅草の六区から来ているの？」

「そうさ。天下のロック座。そのロクでもあるよ」

「ロック座はよくわからないけど、それならこのあたりに詳しい人なんでしょ。この近くで肉料理の美味しい店を知らない？　通《つう》好みのところがいいんだけど」

「それをおいらに聞くのかい？」

「腕試しよ」

ほお、と頷いたロクさんは、もじゃもじゃの髪の下の目を光らせ、ポケットからちびた鉛筆を取り出すと、壁に貼《は》ってあったチラシを剝《は》がしてその裏に何か書き始めた。

「萩之助《はぎのすけ》っ！」

小巻のかけ声が小箱のような劇場内に響き渡った。

だが他《ほか》の観客もそれぞれひいきの役者が出てくると、顔の横に手を添えて必死にその名を叫ぶので、小巻の声だけが目立つわけではない。きりっとしたかけ声は、まるで一流歌《か》舞伎《ぶき》役者へのそれのようだ。

「声をかけるタイミングがどうしてわかるの？」

不思議に思った郷子が聞くと、小巻は平然と答える。

「空気よ。あと、大衆演劇はベタベタのお約束で作られている世界だから、拍手や掛け声をかけるところくらい、何度か通えばわかってくるわ」

二百人ほどは入れそうな畳敷きの劇場「観覧車館《かんらんしやかん》」。

「痛快大活劇」「人情捕物帖《とりものちょう》」とのぼりが立つその場所にはかつて、大きな観覧車があったのだという。今は「小屋」と言ってもいいくらいの控え目な規模を保ちながらも、いざ屋内に入ると、老若男女のファンが集い、むっとするほどの熱気が渦巻いているのだった。

小巻がひいきにする萩之助は、目鼻立ちが涼しい、「藪椿一座《やぶつばきいちざ》」の花形役者のようだ。

舞台は彼女が言ったように、大衆向けを意識したわかりやすい演目と演出が続く。そして小巻はその「お約束」の数々をよく知っていた。

一部は舞踊ショー、二部は時代劇。それらすべてが生バンド演奏とともに行われるので迫力満点だ。

郷子はここでも小巻に、主観を通した説明を伝えていく。

「頭に赤い椿《つばき》の花をつけた、かわいらしい町娘の姿で出てきた萩之助が、太陽の光を遮るように、しゃなりしゃなりと手を右、左、右。くるりと回ってこちらを向いて、脇差しを抜いて袈裟《けさ》懸《が》けに切って、切って、切ったところでぴたりと止まって、はい、流し目」

それらの仕草は音楽に合わせて行われているのでメリハリがわかりやすい。郷子が説明するたびに、小巻はキャーと黄色い声をあげて拍手した。

「あっ、出てきました萩之助。海坊主みたいに巨大な骸骨《がいこつ》が、ぬうっと上から人間を見下ろしている不気味な絵の着流しを着ていて……」

「歌川国芳《うたがわくによし》ね」と小巻。

「え、誰それ?」

「いいから早く、次、キョーちゃん」

「ええと、目の縁とくちびるに少しだけ紅《べに》が入った、憂いのあるお侍姿の萩之助が、あっ、背中から取り出した二本の刀で二刀流の構えを取ると、腰をかがめて舞台の左に……」

「下手。向かって右は上手」

「えーと、下手にささーっ、上手にささーっと進んで中央に戻って来て、首をひねって一、二、三秒ためたところでこちらをぐうっと睨《にら》みつけて……かっこいい!」

「かっこいい! 萩之助!」

観《み》ているうちに郷子も引き込まれ、小巻への解説を忘れるほど夢中になってしまった。

幕間《まくあい》では、小巻の提案で売り子からあんぱんとラムネを二人分買った。お金は小巻の母親が渡してくれたものを、ありがたく使わせてもらう。

がぶりとあんぱんを齧った小巻に、郷子は思い切って聞いてみる。

「私の説明でわかる？　わかりにくいことない？」

「大丈夫、よく見えるわよ」

でも、と郷子は言いにくいながらもたずねる。

「見えるって、小巻ちゃんは見えないんでしょ？　もしかして本当は見えているの？」

郷子はかつて、誰の手も借りずに歩いている小巻の姿を観察したことがあった。そのときはあまりに自然に歩いているので、本当は見えているのでは？　と疑ったほどだった。けれど歩き出してしばらくすると、杖を使っていても、小巻は道の行く手に停車していた車に正面からぶつかっていったり、足もとに転がっていた瓶で転びそうになったりしていたので、やはり見えないのだろうと思ったのだが。

「まさか」

あはは、と小巻は高い声で笑った。

「私、七歳のときに病《やまい》で視力を失ったの。正確に言うと、光の明るさは少し感じるんだけど、ものは全然見えないの。でも、見えるのよ。キョーちゃんとはちょっと違うやり方で。ところでキョーちゃんは最近夢を見た？　それはどんな夢だった？」

「ええと、めがねのつるがポキッと折れてしまって、悲しくて泣いてしまう夢」

先日買った読書用のめがねが高かったのでそんな夢を見たのだろうか。

「それは悲しいわね。でも、眠っているときのキョーちゃんは目を閉じているのに、どうしてめがねがポキッとなる絵が見えたのかしら」

「あっ、確かに」

「私の見え方はそれと同じよ。生まれつき目が見えない人と違って、私の場合、七歳までは見えていたから、もののイメージは湧《わ》きやすいの」

つまり、脳裏に描いた世界を見ている。何と高尚な楽しみ方だろう。郷子は自分が発する言葉の影響力と責任を強く実感する。今までは人に伝えるために、自分がどんな言葉を選んで使うかなんて、意識していなかったのだ。

「萩之助は今十七歳。藪椿一座の座長、椿愛之進《つばきあいのしん》を押しのける勢いで人気うなぎ昇りの絶好調。だから……」

小巻の説明に、ええっ、と郷子は前のめりになった。

「十七？　萩之助と私はおない年なの？」

「そうよ。二歳から舞台に出ているから芸歴は十五年。でね、藪椿一座は長崎の劇団なんだけど、なんせ全国を回っているじゃない？　だから今、萩之助は一カ月限定で墨田区の私と同じ高校に通っているの」

「すごい！　それならいつでも会えるじゃない」

「ううん、そんなことない。だって萩之助は忙しいから、学校に来ない日もあるようなの。でもいつか、ゆっくり話してみたいとは思っているのよね」

夢見るように話す小巻。畳の上に体育座りをしていた郷子は、ふうんとつぶやいた。

もしも自分が高校に行っていたら、どんな友達がいて、どんな学生生活を送っていただろうか。考えても仕方がないのだが。

そんな郷子の背中に「ドンッ」と突然固いものが当たって、前につんのめりそうになったから、思わず畳に片手をついた。

「痛っ、何？」

あたりを見回したけれど、周囲の客に変化はない。

荷物を持った売り子が強引に後ろでも通ったのだろうか、と不思議に思っていると垂れ幕が上がって、二部の時代劇が始まった。

ある日——美貌《びぼう》の三味線《しゃみせん》のお師匠とかわいらしい新米弟子のひな菊《ぎく》が、二人で町の子供たちに三味線を教えながら細々と生計を立てていた。だがそこへ悪漢たちがやって来て、お師匠の商売にケチをつけ始める。そしてそれ以降、悪漢たちから営業妨害を受けるようになったお師匠は精神的に参ってしまい、寝込んでしまう。すると弟子のひな菊は腕があると噂《うわさ》になっている浪人に、悪漢退治の依頼をしようと思いつく。けれどなかなか引き受けてくれない変わり者の浪人。もうだめだ、これは自分で退治するしかない。そう強く決意したひな菊が、一人で立ち向かおうとしたとき、くだんの浪人がやって来て、バッサバッサと悪漢どもをやっつける——というのが二部の内容だった。

萩之助演じる浪人は、たぶん美貌のお師匠さんの生き別れの息子なのだろう。そして最後、浪人とひな菊は夫婦《めおと》になるのだろう、と、先が読める時代劇の安心感に身をゆだねながら郷子が解説していると、

「うるさいぞ。目が見えないなら帰れ」

と、背後から野次が飛んだ。

その一言をきっかけに、場内はたちまち居心地の悪い、硬い空気に包まれる。

郷子は全身の血がさっと冷えていくような気がした。

さっき背中に何かが当たったのは、もしや、わざとだったのだろうか。そんな疑念が湧いてくる。隣の小巻はというと、頰に緊張を走らせ身を固くしているようだった。周囲の観客から、いっせいに非難を浴びているような気持ちにもなってくる。しかし場内は生演奏が鳴り響き、台詞《せりふ》が飛び交《か》っているのだから、別に郷子と小巻の二人だけが目立っているわけでもない。

言い返してやりたい。でも、それをやったらせっかく積み重ねられてきた舞台上の世界が、台無しになってしまう。悔しい思いをにじませながら郷子が逡巡《しゅんじゅん》していると、

「もういい、出よう」

と、諦《あきら》めたように小巻が囁いた。

いたたまれなくなったのか、顔色が悪い。表情は毅然《きぜん》としているが、手の指がかすかに

震えている。自分の解説する声が大き過ぎたのかもしれない。郷子が後悔していると、浪人役だった萩之助が、ふと台詞を止めた。

くるりとこちらへ身体を向けた彼は、舞台からひらりと降りてくる。

「芝居を楽しむことは誰でも平等。そこな町娘、こちらはもっとよく見える。さ、そなたの手をこちらに」

小巻に手を差し伸べていた。

そうして小巻と郷子の二人を舞台手前の中央まで連れて来た萩之助は、そのあたりにどっかりとあぐらをかいていた中年男に向かって、「おじさん、ちょっといいかい」と現代ふうに言って笑いを取り、場所を空けさせると、そこに小巻を座らせ、郷子に目配せする。

「やれやれ、意地悪を申すものはどこの世界にでもいるものだ」

悪漢に苦しめられているひな菊の話と結びつけるようなことを言い放った萩之助は、ぽんと舞台に上がって、また芝居の続きを始めた。

ロクさんのメモに書いてあった店は牛鍋の老舗《しにせ》だった。

高野バーと同じく、入り口には蠟《ろう》で作った食品サンプルがたくさん並んでいる風情のある店である。木造二階建ての建物へ入っていくと、広い立派な玄関があり、上《あ》がり框《がまち》を上がったところには巨大な太鼓がぶら下がっていた。

「はい、お二人さん」

トントン、と和服姿の女中が二度太鼓を鳴らした。

食べものの配置を知らせるため郷子は小巻と並んで座蒲団《ざぶとん》に座った。小巻は店に入って

からも肩を落とし、しゅんとしていて、元気がない。

「私のせいで今夜、萩之助が劇団の先輩たちからいじめられないか心配……」

野次からかばってくれた件を言っているのだろう。

牛鍋用の大きな肉が、何枚も広がった状態で大皿に載って来た。赤い鮮やかな肉には、白くて細い脂肪が葉脈のように広がっている。

この店の女中は食材料を運ぶだけで調理はしない。それは客が各自でやる形式らしく、そういうところもこの店が「お値打ち」である秘密のようだった。郷子は女中から教わったように、焼けた鉄鍋に牛脂をひくと、肉と野菜と豆腐を放り込んだ。割り下を回し入れた途端、鍋がじゅっと鳴り甘辛い香りが広がっていく。

「ほら、元気出して。萩之助は芸歴十五年のベテランなんだから、きっと大丈夫。もう煮えるよ」

「いい匂い」

鼻を動かしている小巻の手に箸《はし》と溶き卵の入った器の位置を示し、火傷をすることがないように、煮えた肉や野菜は別の皿に取り分けた。

持参したスカーフを首から下げた小巻は「ありがとう」と言って、肉をざぶんと卵につける。

「箸が重い。これ、一口でいける？」

「折りたたんでまとめればいけるよ」

言われた通りにやった小巻は、黄色い卵の滴《したた》るそれをくちびるに当て、その大きさを確認しながらゆっくり口に入れた。うむ、うむ、と噛《か》む声を洩らし、

「美味しーい」

その合図をきっかけに郷子も肉を食べた。濃い目の割り下の味が卵で丸くなり、牛肉特有の風味が鼻の奥にふんわりと広がっていく。

「はぁー、これが牛鍋。幸せのかたまりみたいな食べものだねえ」

「キョーちゃんって、もしかして、牛鍋とかすき焼きとか食べるの初めて？」

「うん」

食べているうちに少しずつ元気が出てきたのか、小巻は郷子の方に身を乗り出した。

「今日の萩之助素敵だったな。もう手なんてしっとりしていて、ふわあっといい匂いがして。男はやっぱり匂いよね」

「匂い？　そういうものなの？」

異性と付き合ったことがない郷子は眉を寄せる。小巻だってたぶん同じはずなのに、ど

うしてこうませた言葉がポンポン口から出てくるのか。

「嫌な男って、何となく嫌な匂いがするもん。自分のそういう勘を信じるのって大事。実際、萩之助っていい男なんでしょ？」

うん、と郷子は頷いた。

「もちろん顔だけじゃないでしょ？」

「確かに、顔だけじゃないかも」

アンコールで萩之助が見せた花魁《おいらん》姿は、「炭鉱島に生まれた白妙《しろたえ》の星」と賞されるのも納得の美しさだった。けれどその容貌以上に、萩之助からはきりっとした芯《しん》の強さも感じられる。芝居が終わったあと出口で観客を見送った彼は、

「今日は嫌な思いをさせてごめんね。また観に来て」

と、自分のせいでもないのに謝って、両手で包み込むように手を握ってくれたのだ。

それにしても、と、小巻は口を曲げる。

「ロクさんって人、浮浪者のくせに、どうして牛鍋の店なんて知っていたのかしら」

この店は吉原が近いこともあって、昔は、その手の客が吉原へ行く際に寄る店としても使われていたようだ。

「まったく男はいいわよね。遊女に尽くしてもらって、こんな美味しいもの食べて、いたれりつくせりじゃないの」

小巻が少し大きな声を出すと、そばを通った女中がてきぱきと皿を引いていく。

「でもそんな時代ももう終わり。今はこうやってお嬢さんたちが来る店になりました。ご飯のお代わりはいかが？　このさじで、残ったお汁《つゆ》をかけて食べると美味しいですよ」

「じゃあご飯二人分。その前にお肉と野菜も追加」

小巻は追加した分を食べたあと、女中に言われた通りにしたご飯を前に、

「でも私、お味噌汁とか、何かをかけたご飯って食べないのよね」

と言ったが、「それならもらうよ」と郷子が小巻の手をつつくと、「やだ」と茶碗《ちゃわん》を押さえてしまった。

結局、残りの黒いスープをかけたご飯を二人そろって口にする。割り下は牛脂のコクや、肉や野菜の旨味が全部溶け込んでいて、白いご飯にぴったりだった。

「すごく美味しいって、キョーちゃんの生まれた土地では何て言うの？」

「えっれぇうめぇ」

えっれぇうめぇ、と真似《まね》した小巻はにこにこしながら、自分のペースでゆっくりご飯をたいらげた。

六区の夜は日中と打って変わって静かだった。すれ違う人も、昼よりずっと少ない。暗い道を二人で歩いていると郷子の肘をつかむ手にぐっと力がこもった。

「どうしたの？」

「家に帰るのが嫌だなぁ、と思って」

小巻は一人娘だと、郷子は聞いている。五人きょうだいの郷子と違って、父親も母親も一人占めできるというのに、帰りたくないというのはどういうことだろう。

「私のお父さん、嫌な感じなのよね。家では私のこと、全部お母さんに押しつけてるくせに、家の外だと『かわいい娘ですから』とか『この子を守れるのは自分だけですから』とか平気で言ってるの。ばかみたい。それを聞くたびに私が傷ついてるのも気づかないで」

父親への辛辣な批判を聞いて郷子はショックを受けてしまった。

「確かにひどいけど……お父さんを、そんなふうに言ってもいいの？」

「いいに決まってるじゃない。父親だからって何がえらいの？　尊敬できない人を尊敬しろっていうほうが無理な話よ。自分に嘘《うそ》をつくなんて、苦しいだけ」

自分に嘘をつくなんて、苦しいだけ。

その通りだ、と思った郷子は小巻の手に触れた。

「小巻ちゃんは肩書きに騙《だま》されないんだね」

「やだ、何？　親って肩書きなの？」

不思議そうに言った小巻は郷子にしなだれかかるようにして、自分の腕を回してくる。

心が伴ってない親なんてただの肩書きだよ。

郷子は小さくつぶやいたが、小巻には聞こえていないようだった。

気丈に振る舞っているけれど、小巻は寂しがり屋なのかもしれない。そして、十五で東京に出てから今日まで、自分自身もずっと無理をして、気を張って生きてきたのかもしれないと郷子は思う。こんなふうに、女の子同士で遊び歩く気安い楽しさなんて、すっかり忘れていたのだから。

友達と遊ぶのは悪いことではない。むしろ働いてばかりで、笑ったり遊んだりすることに罪悪感を抱かされていた状態こそ、不自然だったのだろう。

小巻に一日かけて教えてもらったことだった。

高野バーの前まで小巻を送ると、すでに彼女の母親が待っていた。

「郷子ちゃん。また小巻のこと、どうかお願いね」

いやに深刻そうに言われたので郷子は困ってしまった。

小巻を誘導することに不安を感じないと言ったら嘘になる。けれど一日いっしょに過ごしてみると、目が不自由な点を除けば、ちょっと生意気な普通の十六歳の女の子でしかない。よほど心配性なのだろうか。

——お母さんの言うことはまともに聞かなくていいから。

そんな顔をしながら小巻はこちらに手を振っていた。

その後、店には寄らずに帰ろうと思った郷子だが、店内から姿が見えたらしい。

「今、アパートに行こうか迷ってたのよ」

店主のとし子が、入り口のガラスドアから顔を出した。

「キョーちゃんの叔父さん、今、店に来てるわよ」

「えっ」

驚いた郷子は急に頭の中が慌ただしくなった。

少し前、叔父に思い切って自分の現状について書いたはがきを出したのだ。親には伝えられないが、昔から親身になってくれた叔父にだけは知ってほしい——そんな気持ちで出したはがきだった。

「アパートに行ったら、あなたがいなかったからって、わざわざうちの店を探して来てくれたらしいの」

確かにはがきには、アパートの住所と高野バーの名を書いた記憶がある。

「すみません、叔父はどこへ?」

「三階の休憩室で待ってもらってる。こっちのことは気にしないで、ゆっくり話しなさい」

それだけ言うと、とし子はすぐ中に戻ろうとした。店内は今日も酔客たちで混雑しており、その間をウェイターやウェイトレスが飛び回っている。

慌てて としこ子を呼び止めた郷子は、小巻の母親からもらった羊羹を渡した。

階段を駆け上がっていった先に小山のような背中が見える。

足音で察したのか、むくりと頭を上げて振り返ったのは、懐かしい叔父の顔だったので、郷子は目頭が熱くなってしまった。集団就職してから二年半以上、生家どころか故郷にさえ一度たりとも帰省していなかった。

「ああ、郷子ちゃん……。はがきをもらうまで何にも知らなくて、来るのが遅くなってすまなかった」

慣れない長旅で疲れているのか、叔父はめがねの奥のとろんとした目をしばたたいている。

「ありがとう、叔父さん」

うぐっ、と喉《のど》が鳴ったはずみで、たまった涙がこぼれ落ちそうになった。けれど横を向いて何とかこらえる。甘えるよりも聞きたいことがたくさんあったからだ。

「今日はこっちの都合で来たのに、お茶まで出してもらって、申し訳なくてなぁ。これ、お土産。お店の人にも渡してくれるかい」

叔父は、群馬の懐かしい住所が書いてある菓子箱を二つテーブルに置いた。

血縁には二種類の人間がいる。たとえ相手が身内であっても最低限の敬意を払える人と、一切払えない人。後者は子供のような、血縁内の弱者は自分の所有物だと勘違いしてしまうことが多い。極端なたとえかもしれないが、郷子の叔父は前者で、父親は明らかに後者だった。

叔父はいつもこうなのだ。父親と違って優しくて、小さい頃はいじめられっ子だったようだが、郷子は昔から叔父の子供になりたかった。

「私、工場から逃げちゃったから、支度金《したくきん》とか、家にどういう連絡がいっているのかわからなくて不安で……。空《そら》は、今どうしてるの？」

「まあ、まあ、落ち着いて。一つずつ話すから」

ため息を吐いた叔父からは車の油の匂いがした。郷子は叔父の向かいの椅子《いす》に座った。日中は店員が休憩を取るための部屋だが、今は郷子と叔父の二人しかいない。

「お金のことはもう気にするな。郷子ちゃんは充分働いた。支度金はもう、郷子ちゃんがこれまで働いた分で返済が済んでいるそうだよ」

「でも私、そんなこと全然聞いてない――」

戸惑ってしまう。親からも、工場からも何も聞かされていないのだ。

叔父が少しうつむいた。

「恥ずかしい話だよ。隼人《はやと》兄さんに聞いたら何というか……言う必要もないと思っていたみたいで。だからもう、支度金のことは気にしなくていいんだ」

隼人は郷子の父親である。支度金の返済が済んでいるのならば、どうして今日、工場長は自分を追って来たのだろうか。

それについて話すと叔父は眉を下げ、声の調子をさらに落とす。

「支度金は返し終わっているけど、安い賃金で使える貴重な労働力だからってことなんだろうなぁ……。国はどんどん発展してる。だから工場も、若い働き手は喉から手が出るくらい欲しいんだ」

「でも私、ずっとあそこで働いているのがつらくて嫌だった。叔父さんは逃げた私を責めるの？」

郷子が必死に声をあげると、いやあ、まさかと言って叔父は目を伏せて薄くなった頭髪を撫《な》でる。

「十五の子を無理に就職させるなんて、親に苦労をかけたくないっていう子供の思いにつけこんで、体《てい》よく働かせているようなもんだ。郷子ちゃんはちゃんと支度金を返したんだから、えらいもんだよ」

ふいに叔父は顔を上げる。

「どうする？　いっしょに汽車に乗って帰るか。隼人兄さんと千代《ちよ》さんには俺《おれ》のほうから言ってあげるから。揉《も》めたときは、しばらく俺の家にいて様子を見てもいいだろう」

さすが郷子の父母のことをよく知っている。

郷子は五人きょうだいの三番目。兄二人は農家仕事や、収穫物を売る店の手伝いとして親から頼りにされているけれど、労働の即戦力にならない郷子は、小さい頃から両親に疎んじられていた。妹は郷子よりも要領がよく両親や兄たち相手に、うまく立ち振る舞うことができる。しかし心配なのは、いちばん下の弟の空だった。

郷子より四つ下の空は今、十三歳。身体が弱く気も優しいので、郷子は空のことが気になっていた。もしや両親は病弱な空に対しても、口減らしのようなことをやるつもりではないだろうか。

叔父から目をそらし考え込んでいた郷子は、腹にぐっと決意をためて顔を上げた。

「ありがとう叔父さん。でも私、もう故郷には帰れない。帰ってもあの家ではうまくやれないと思う。だけど叔父さんがそう言ってくれて嬉しい」

自分の心に寄り添ってくれる人がいた。その小さな事実だけでも、郷子にとっては充分お守りのようなものだった。

「私、空のことが心配なの。空も、私みたいに無理矢理東京に働きに出されるんじゃないかって、何度か思ったことがあって。あの子、頭はいいけど、身体が弱いし器用にあれこれできる子じゃないから……」

「空くんの名前は、郷子ちゃんがつけたんだよな」

「うん」

生まれたばかりの頃、あまり長く生きられないかもしれないと言われたせいか、両親はすんなり名づけの権利を与えてくれた。

叔父は神妙な顔つきになり頷くと、

「わかった、その件はこっちで見ておく。何かありそうなときは連絡するから」

「お願いします」

「それでね、郷子ちゃん。せっかく会えたのに申し訳ないんだけれども、明日仕事があるから、もう帰らなきゃいけないんだよ」

「もう？」

郷子が肩を落とすと、うん、ごめんね、と伝えにくい様子で言った叔父が念を押す。

「本当に、いっしょに帰らなくていいのかい？」

郷子は黙って頷くしかなかった。

自分にはもう帰る家はない。しかし朝から晩までバスの運転手として働いている叔父には娘が二人いる。彼の家族が待っているだろう。

店の連絡先を書いた紙を郷子が渡すと、叔父はとし子にもう一度挨拶《あいさつ》すると言って下の階まで出向いて行った。

「郷子のことを、どうかよろしくお願いします」

叔父は鞄を持ったまま丁寧に頭を下げた。

「あら、せっかくいらっしゃったんですから、何か召し上がっていきませんか」

「もう夜行が出ますから、それに乗って帰ります」

「夜行でしたら確か、十一時発。今、九時ですから、お食事をなさって十時に出ても間に合いますよ」

とし子はすばやく言って、店の片隅に叔父を座らせてしまった。そうして厨房《ちゅうぼう》に指示を出し、用意してくれたのはカレーライスだった。料理長のはからいなのか、サラダとスープまでついている。

「美味しかった。温かいものを頂いたから、身体がまだぽかぽかしてるよ。郷子ちゃんは食べなくてもよかったの？」

上野駅まで叔父を送る途中、郷子は歩きながら頷いた。

「今日は友達ともう、食べてきたから」

「こっちでも友達ができたのか。それなら良かった」

叔父の話し方はいつも優しい。優しいから、叔父にはつい甘えたくなる。カレーを食べている叔父を見ていたとき、郷子は、もしかしたら自分は叔父といっしょに旅行に来ているだけなのではないかという錯覚を抱いたほどだった。

上野駅に着くと、叔父は財布から抜いたお札を何も言わずに渡そうとしてきたので、郷子はそれを慌てて断った。

「大丈夫、家族にお土産でも買ってあげて」

「でも……」

「寂しくなるからもう行って。ほら、汽車が出るよ」

叔父は人でごった返す列車の中へ入って行き、四人掛けの席に鞄を置くと窓を開け、郷子を手招きする。

と、近くまで来た郷子の手にぐいと千円札を二枚押しつけてきた。叔父の月収は一万と少しくらいだろうか。

「いいって」

返そうとしたものの、叔父は身を引いて、がんとして受け取らない。

そして郷子が諦めたあたりでまた、窓枠から少し顔を出す。

「よく聞いて。親に怒りを感じたっていいんだよ。そう感じるのは当然なんだから。だけど父さんと母さんをずっと憎んでいても、仕方がない。自分がされたことしか子供にできない、かわいそうな人なんだと思っておけばいい。とにかく郷子ちゃんは今を無駄にするな」

発車ベルが鳴って、車両は動きだし、少しずつ駅のホームから離れていく。

窓枠をつかみながら叔父はこちらを見ている。郷子は手を振った。しかし列車の光はあっという間に小さくなってしまった。

お札をたたんでポケットにしまうと郷子は駅舎を出た。以前ここに来たときは工場の人間から追われる立場だったが、それについてはもう心配しなくていいのだ。

そう思ったらたちまち気が抜けて、郷子はその場に泣き崩れてしまいたいような、妙な気分になった。だから無理に口笛を吹いた。けれど上手くないから、ヒューヒューと寂しい音が洩れるばかり。その音が、今まで心配で埋まっていた場所を、すうすうと通り過ぎていく。

歩いていると、さっき通った街灯の下に自転車を停《と》めて誰かが立っている。

こんな時間に待ち人でもいるのだろうか。そう思い、通り過ぎようとしたら、

「キョーちゃん」

と声をかけられ、郷子は飛び上がるほど驚いてしまった。

立っていたのはとし子だった。

「おっ、おかみさん！ どうしてここに？ お店の片づけはいいんですかっ」

あんな立派な店の店主が、夜は物騒だと有名な上野駅の駅前に一人でいる。あたりは街灯が少ないから真っ暗だ。何かあったら大変だと郷子はたちまち気を引き締める。

「このあたりは夜になると女の子一人じゃ危ないから、迎えに来たのよ」

「危ないのはおかみさんのほうですよ、誘拐されたらどうするんですか」

「誘拐？　身代金はいくらになるかしら」

ほほほ、と、優雅に笑ったとし子は、

「さ、帰りましょう。キョーちゃん乗って」

と、自転車の後ろを叩いている。

「私が乗せてもらうわけにはいきません。おかみさんが後ろに乗ってください」

「あら、そう？」

荷台にとし子を乗せると、郷子の運転する自転車はふらふらと浅草方面を目指して走り出した。

「本当に大丈夫？」

後ろから、とし子がゆったりとたずねた。

「まかせてください。ただ、久しぶりの運転なので、ちょっとぐらぐらするかもしれませんけど、私は絶対に転びませんよ」

「いいわ、キョーちゃん。その心意気よ」

高野バーまではほとんど道をまっすぐ進むだけなので、さほど運転に技術はいらない。だが途中、三輪自動車や自家用車に追い抜かれる際、女同士の二人乗りが珍しいせいか、ひやかしの声をかけられた。しかし郷子もとし子もそんな声など一切気にせず、前だけを見て走っていく。

狭いながらも　楽しい我が家
愛の火影の　さすところ
恋しい家こそ　私の青空

背後でとし子が口ずさんでいた。

たぶん、とし子にとっては高野バーこそが我が家なのだろう。

私も我が家を持つことはあるだろうか。それは家族のことなのか、高野バーのことなのか、それともいつか自分が営む店のことなのか。どれが正解かは、郷子にはまだわからなかったけれど。

左手方向に浅草の街が見えてきた。仁丹塔《じんたんとう》が天を突き、六区のネオンは空中に淡く漂う宝石のようだ。

郷子は慎重に、しかしいっそう力を込めて、輝く街の方めがけてペダルを踏んだ。

4
捨て猫のプリンアラモード

配膳《はいぜん》のいろはを郷子に教えてくれたのはウェイトレスの先輩、二階堂真澄《にかいどうますみ》だった。

真澄はおかみのとし子に指示され郷子の教育係になったらしい。

その指導法は教えるというより「諭す」といったほうが適切で、たいてい彼女は郷子が失敗するまで何一つ細かいことは言ってこない。

たとえば大量の客が帰ったあと、早くテーブルを空けなければと郷子が慌ててグラスを片づけていると、なぜか左手のお盆が傾いて、その上のグラスが次々と流れ落ち、割れてしまったことがあった。

真っ青になった郷子がグラスの破片を拾っていると、すっと身を寄せてきた真澄がほうきとちりとりを差し出し、

「今、どうして落ちたかわかりましたか」

と聞いた。半べそ気味の郷子は首を振る。

「トレイの奥に大ジョッキを置いたから、バランスが崩れて傾いたんです。背の高いグラ

スや重いものを運ぶときはトレイの手前にかためる。手前に置けば傾いても、何とか腕で支えられますから」

トレイというのはお盆のことだ。それにしても割れる前に言ってほしかった。けれど先輩なので文句は言えない。

その後郷子は、客や店員たちから冷たい視線を浴びながらも、「すみません、すみません」と必死に繰り返し破片を掃き集めた。

トレイから料理の皿を落としそうになった郷子があたふたしていると、

「お客さんと接しているときも、目と意識はトレイに配る」

客から野球の話題をふられたものの、何もわからず冷や汗をかいていると、

「芸能、スポーツ、世相の動き。長嶋茂雄《ながしましげお》に王貞治《おうさだはる》。この手の話題は聞かれる前に仕入れておくのが基本です。他の店の情報についてもそう。旬《しゅん》の食材料、あらゆる状況に応じたお勧め料理、エトセトラ」

と、真澄の指摘がビシビシ入ってくる。

店で働き始めてから二カ月以上の間、郷子はあらゆる失敗をやってのけた自信があった。

しかしそれでもまだやり尽くしていないのでは……と恐怖に怯《おび》えるのが最近の郷子であり、彼女の最大の心配事なのだった。

「二階堂さん、あの、今度は失敗する前に教えてくれませんか。私、これ以上お客さんや

他《ほか》の店員さんに迷惑かけたくないですし、何よりもう、怒られたくないです」

勇気を出して伝えてみた。

だが一重まぶたの醒《さ》めた目、薄いくちびる、そんなさっぱりした容貌《ようぼう》の真澄は、とろんと目の光を消すと、

「畠山さん、気持ちはわかります。でも失敗しないと仕事は身につかないから」

と言って、くるりとこちらに背を向けて行ってしまった。

そういうわけで一時期、郷子は仕事で失敗したとき、真澄から声をかけられるのが怖くなる「失敗恐怖症」と言ってもいい症状に襲われたことがあった。

二階堂さんが怖い、いや、二階堂さんの指摘が怖い。

少し後ろを刈り上げた背の高いおかっぱ頭が見えると、郷子はソワソワした不安に見舞われる。真澄は客や他の店員の前で長々と説教をたれるような、野暮なことはしない。けれどその分、失敗して弱っているところに、強くて短い機関銃のような指摘が撃ち込まれるから、恐怖という名の後遺症を引き起こしてしまっていた。

そんなとき郷子は厨房《ちゅうぼう》で働くコック見習いの黒川勝に話しかけ、自分の心を平静に保つよう努めていた。勝は、俺《おれ》は浅草生まれなんだぞと虚勢ばかり張っている男子だが、それは若さゆえ、仕事への自信のなさゆえの言動だろうと思ってしまえばかわいらしいものだ。何を考えているのかよくわからない真澄は怖いが、わかりやすい勝は怖くない。

そして十二月に入った今日――。

いつの間にか郷子は、優雅にトレイを掲げながら、客の座る椅子《いす》の背が密集した隙間《すきま》をすいすいと歩き回れるようになっていた。

「あんた、接客初めてなんだろ？　来たばっかりの頃《ころ》はふらふらしてて頼りなくって、どうなるかと思ったけど、意外や意外、早くおぼえたねぇ。さすが『配膳の鬼』からご指導を受けただけはある」

配膳の鬼。

どうやら真澄は、他の店員から陰でそう呼ばれているようだった。五十代の古参ウェイトレスが言うには、婚期のコの字も知らない風情《ふぜい》で愛嬌《あいきょう》がなく、仕事の動きには一切の無駄がなく、その手際については頭一つ抜きん出ているからだという。

「やっぱり、ここの仕事をおぼえるまでは大変でしたか」

郷子は古参ウェイトレスに聞いた。

「もう忘れたねって言いたいところだけど、もちろんそうさ。ここはとにかく客が多いだろ。だから慣れるまでは注文を間違えるなんてざら。しかも最近メニューが増えたから頭がこんがらがっちゃって、大きな声じゃ言えないけどね、あたしもグラスを割ったことはあるよ」

もちろん郷子も同じだった。

最初の頃は突然席を立ち上がる酔客にぶつかりそうになったり、実際ぶつかって客にナポリタンをぶちまけそうになったりの連続で、どうなることかと思っていたし、周りからもそういう評価を受けていた。だが今は、ちゃんと危険を予測できるようになっている。それはやはり、真澄の「失敗教育法」とも言える指導のおかげなのかもしれない。けれど郷子の失敗が減るにつれて、真澄が郷子に声をかけてくる回数は激減してしまった。

そうなると、ちょっぴり寂しい。

接客中、真澄はむやみに笑顔を浮かべることはない。次から次へと来客が続くので、にこにこしている暇がないというのが正しいが、今日も彼女は黙々と注文を聞いて、淡々と酒や料理を運び、食器を片づけ、新たな客を待たせることなくテーブルに招き入れている。

バーと言いながらも、洋風居酒屋やビアホールに雰囲気が近い店である。

三十分ほどさっくり飲み食いして帰って行く一人客も多く、客の入れ替わりも早い。一階は二百人以上入れる大箱なので、すばやく正確に動ける店員が必要とされているのはわかりきった話であって、郷子が観察するに、真澄はそんな店の要望をきちんと満たしている。

さすがおかみさんは人選がしっかりしている。

と、考えていた郷子。その視線の先にいる真澄は、二十二、三歳くらいのハンチング帽をかぶった青年と、何やら話をしているようだった。

「やるとしたらやっぱり一月。いつまでも逃げていられないからね、私も」

「うん、最後は大山《おおやま》に行こう。じゃないと俺も、何よりマーちゃんが後悔するだろう」

「休めるの？」

「休むさ、それくらいは俺だってやる」

「じゃあ私も……」

珍しく思い詰めた表情の真澄は下唇を少し嚙《か》んで、覚悟を決めたように頷《うなず》いた。青年はにこりともせずに、そんな彼女の顔を見つめている。

マーちゃんというのは真澄のことだろうか。

過去にも郷子は、真澄が彼と話しているのを何度か見ているのだが、たいてい「やあ」とか「いらっしゃい」といった挨拶《あいさつ》程度で、視線のやり取りもあっさりしていて、二人が恋人と断定するには湿り気がない感じだった。

真澄は二十七、普通に考えれば弟だろうか。

しかし郷子の聞きかじった話によると、真澄にきょうだいはいないはず。

この店の三階にある休憩室。そこでたまに見かける真澄には最近妙な倦怠感《けんたいかん》が漂っていて、それも気になる。

一人窓辺に椅子を寄せ、窓を開け放った向こうに流れる隅田川に向かって、「ふうっ」

とゴールデンバットの煙を吐く様は中年女のような哀感がにじみ出ており、十代の郷子は何とも近寄りがたい。

それでも勇気を出して話しかけてみる。

「あの」

少し遅れてこちらを向いた真澄の眉間《みけん》には、一本皺《いっぽんじわ》が刻まれていた。妙な緊張を感じ取った郷子はとんちんかんなことを聞いてしまった。

「ええと、二階堂さんは二階堂真澄なんて立派なお名前だから、もしかして実は、没落した元華族のお嬢さんか何かなんですか」

たばこをくわえたままの真澄は疲れているのか、目をパシパシさせながら、

「まさか。ただの一般人だけど」

「ずっと気になっていて。変なことを聞いてすみません」

慌てた郷子は頰《ほお》を赤くしながら自分の座っていた場所に戻り、弁当箱を片づけてから階段を下りた。

さすがに例の青年客については、プライベートに立ち入る質問のような気がして聞けなかった。

それにしても二階堂さんは一月に山で何をするつもりなのだろうか。

昭和三十七年、師走《しわす》も半ばを過ぎた頃、街頭テレビやラジオからは今年のヒット曲である植木等《うえきひとし》の「無責任一代男」がしきりに流れていた。さらに外国人向けの総合観光案内所が有楽町にできたと報じられる一方、東京オリンピックを二年後にやるなんて時期尚早ではないかと不安の声まで聞こえてくる。

真澄の指摘を受けてから、郷子はそういったニュースをメモ帳に書き記す癖がついた。さらに昼の休憩時間には休憩室で新聞を読むようにもなっていた。

といっても金がないので、勝が捨てた新聞を拾って、一日遅れのそれに目を通す。

と、次のようなことが書いてある。

自家用車を購入する人が増えたせいで街は交通戦争の状態となっており、警察署には交通違反者があふれかえっている。

へえ、と郷子は思う。自分など自転車でさえとても買える状態ではないのに。

インクの匂《にお》いが残る紙をぺらりとめくると——一人当たり実質国民所得が戦前の水準を上回った、よって、もはや戦後ではない。

そんな過去の文言が飛び込んできた。その途端、郷子は舌打ちしそうな勢いで顔をゆがめてしまった。

国民所得とざっくりした言葉でまとめているが、その数字を支えているのは大人だけではない。勉学を諦《あきら》めるしか道のなかった子供たちだって、多くの部分に貢献しているはずだ。それなのに未成年の子供たちが就労後どうなったのか、どう貢献したのかについて触れられることはない。高度成長の一端を支えているのは、若い時間を奪われた彼らのはずなのに。

そんなことも忘れて、「もはや戦後ではない」と耳触りのいい言葉をしきりに使い、「無責任一代男」を歌っている世の中は何だか変だ。

大人の欲望を満たすために子供は生きているわけではない。

むすっとしながら窓の外に目をやると、もやにかすむ隅田川が見える。あの川には今日も虹《にじ》色の油が流れているのだろうか。

午後の仕事に戻ると、郷子はふとした隙《すき》に真澄を盗み見る。

また、ハンチング帽の青年が来ているようだった。

しかし今日は団体客が入っていたので、厨房と客席を行き来する回数がとにかく多い。

そんな最中のせいか、真澄はハンチングの青年と視線を交わしただけだった。

その後真澄は背筋を伸ばし、左のてのひらに二枚、その親指のつけ根のところにもう一枚、合計三枚の皿を三角形を描くように載せて、店内をすいすい移動し始めた。

「はあ、えっれぇかっこいいなぁ」

郷子は思わず訛《なま》ってしまった。

客の人数が多ければ多いほど、真澄はますますネジを巻かれたように活発に働いている。しかし店の主役はあくまでも客なので、彼女の仕事ぶりは決して声高ではない。よほど注目しない限り客の喧噪《けんそう》にかき消えてしまう。

あんなふうに私もさりげなく、スマートに運ぶことができたらいいのに……。

その晩の勤務後、郷子はさっそく真澄のやり方を真似《まね》して、トレイを使わずに皿を三枚同時に運ぶ「プレートサービス」の練習を始めた。

「プレートサービス」は何より見た目がかっこいい。それにトレイを使わない分早く料理を運ぶこともできる。混んでいるとき、この技を使うことができればどんなに便利だろう。

営業時間の終了後、厨房の片隅でアルミの皿を使って練習していると、

「おい、おまえ、じゃなくてキョーちゃん。いつも俺の新聞を盗んで読んでるだろう」

と勝から声をかけられ、郷子は驚いて皿を落としてしまった。カランカランとアルミの音が大げさに鳴り響く。

「あーあ、本物だったら大惨事だな」

けれど郷子はひるまずアルミの皿を拾った。

「盗んでるんじゃなくて、捨てられたものを再利用しているだけです」

「似たようなもんじゃねぇか」

バカにするようにこぼした勝は厨房から出て行こうとする。あっ、と気づいた郷子が

「勝さん、ちょっと待って」と声をかけた。

「何だよ」

「浅草の人の特徴をもう一度教えてくれませんか」

あさくさぁ？　と声にした勝は「ついにおまえも浅草っ子の仲間入りをしたくなったか。だが群馬の人間は、永遠に浅草っ子にはなれないんだぞ」と揶揄《やゆ》するように言ってくる。

「浅草の人間はなぁ、田舎もんみたいに人間関係がべったりしてないんだ。馴《な》れ合《あ》いとかそういうのが嫌いなの。だからその分自分に厳しいとも言えるな、うん」

「ふむふむ」

郷子は勝のからかいは真に受けない。それよりも、必要以上に郷子にあれこれ言ってこないうえ、自分のことも変に押しつけてこない真澄こそ浅草っ子の典型ではないかと考えていた。ありがとうございますと礼を言って、メモ帳に書き記していると、「書くようなことか？　まあ、ほどほどにがんばれよ」と上から言って勝は帰ってしまった。

が、今日の新聞はゴミ箱に捨てられず、厨房のテーブルにぽんと置かれている。

勝が出て行った方向を郷子はちらっと見ると、その新聞にパンパンッと手を合わせてありがたく頂戴《ちょうだい》し、またアルミの皿を使って練習の続きをやった。

練習を終えたあとは更衣室で着替え、帰る前に椅子に座って、いつもワンピースのポケットに入れている小型のバールを磨き始めた。

これは毎晩やっている儀式のようなものだった。夜道の悪漢を威嚇《いかく》するために何が必要かと問われれば、郷子は迷いなくバールだと答えるだろう。

バールは川崎の工場時代、手に入れたものである。

しかし物には記憶が宿るのか、ゴシゴシ手を動かしていると、工場で大人たちからバカにされながらも睡眠不足のまま、へとへとになるほど働いていた頃のつらい思い出がよみがえってきて苦しくなってくる。けれど工場から逃げる際は、これのおかげで行く手を塞《ふさ》ぐ板を剝《は》がすことができたし、道を確保することもできたのだ。この子は悪くない。

そうやって気持ちを整え、五分ほど無心になって磨いていると、だんだんバールは応《こた》えるようにピカリと光って、なぜか郷子の心もすっきりしてくるのだった。

「やあ、ここで働いていたんだね」

接客中の郷子が振り返ると、六人掛けのテーブルに座っていたのはすらりとした一人の青年だった。

「僕だよ、町娘」

郷子の持っていた皿にすっと手を伸ばした青年は、同席している仲間たちにそれを渡してしまった。

つるりとした白い肌、狐《きつね》に似た細面の容貌。はて、と、一呼吸置いてから「あっ」と声をあげた。

「藪椿一座の萩之助！」

「うん、そうだ。よくわかったね。きみは畠山さんというのか、まだ見習いか」

興味深そうに郷子の胸の名札を読み上げている。

それにしても驚いた。素顔の萩之助は開衿《かいきん》シャツを着たごく普通の青年で、きれいな顔をしているけれど、舞台で見たときのような独特の艶《つや》っぽい雰囲気までは放っていない。

「何だ、彼女でもできたのか」

萩之助と同じテーブルにいた男たちから囃《はや》され、慌てたのは郷子のほうだった。

「畠山さんはこの前舞台を観《み》に来てくれたお客さま。彼女の友達は大事なご常連ですよ」

郷子がお辞儀をすると、同席していた男たちは慌てて居住まいを正した。

「ごひいきにしてくださり誠にありがとうございます」

二十代から四十代くらいの男たちは皆、藪椿一座のメンバーのようである。

「お嬢さん、いや、畠山さん。また来てくださいね」

太り気味の男が笑っている。郷子はその男の、黒子《ほくろ》の位置に見覚えがあった。

「あっ、座長さん。この前の舞台で観た、復讐《ふくしゅう》に燃える女、とってもきれいでした！　乱れた髪をこんなふうにくわえて、キッと下から睨《にら》みつけたりして」

郷子がそのときの真似をすると、座長も目に力を込め、見えない髪をくわえる仕草をする。

「すごい、みなさん七変化なんですねぇ」と郷子。

「いやいや、それほどでもありますが」

「ただの小汚いおっさんが美女を演じております」

劇団員は愉快な人たちのようだった。ねえ、と萩之助がたずねる。

「こっちに来ている間は、六区で食事を済ませるのが多くてさ。座長やみんなはこの店を知っていたようなんだけど、僕は初めてだから、おすすめ料理を教えてよ」

待ってましたとばかりに、郷子は眉《まゆ》と肩をひょいと持ち上げた。

「当店は酒場として有名になった店なのですが、昭和三十九年の東京オリンピックに向けて新たに洋食部門を独立させ、洋食を専門とするシェフの育成に力を入れるようになりました。ですからおすすめは洋食なんですけれども……」

劇団員たちの反応を郷子は観察した。すでに酒が入って何品か頼んでいる彼らの様子から したら、これだろうと見当をつけて舵《かじ》を切る。

「チーズやソーセージといったお決まりのおつまみもいいですけど、せっかく当店にいらっしゃったんでしたら、豚肉の塩漬けなんていかがでしょう？」

「塩漬け。ほう、どんなの？」

「塩漬けにした豚肉を一カ月ほど熟成させ、それを荒く砕いて、ハムのようにまとめて火を通し、周りをゼラチンで固めたものです。塩蔵した肉の刺激的な旨味《うまみ》でお酒がすすみますし、ゼラチンをとればお肌もゼラチンのごとく、しっとりプルプルになりますよ」

「ゼリー寄せなんて手が込んでるじゃないの、じゃあそれ」

座長が女の口真似をしながら言ったので、ありがとうございますと郷子は声をあげた。張り切って伝票に記入していると、今度は萩之助が聞く。

「酒のあとの締めになるような洋食ってあるかな」

「はい、もちろん。お酒のあとで、あまり重くない洋食となると、ビーフシチューや海老《えび》グラタンがおすすめです。ビーフシチューは牛骨のスープを使っている本格派で、一度表面を焼いて旨味を閉じ込めた牛肉を、口に入れた瞬間、ほろっとなるくらい煮込んでいます。海老グラタンの海老は、目利きの当店シェフが市場で選んだ海老の精鋭たちを使用しておりまして」

「海老の精鋭」

と、劇団員たちが重ねる。「何だいそりゃ。よっぽどすごい、兵士みたいな海老なんだねぇ」

「そうなんです。当店はグラタンの他にも、選《よ》りすぐりのかにを使ったかにクリームコロッケもございます。どちらもバターの風味豊かな、喉《のど》の通りもなめらかな、身も心も温まるような熱々の自家製ホワイトソースをたっぷり召し上がっていただけます。少し量が足りないと感じるようでしたら、ライスやパンを追加すればお腹《なか》も満足するかと思います」

うまそうだな、と喉を鳴らす劇団員たち。

「聞いててよだれが出そうになったよ。畠山さんは俳優の素質があるな」

お世辞だとわかっていながらも郷子はぷっと噴き出し、「またまたぁ」と、手を上下させてはしゃいでしまった。

「僕は酒を飲めないから、ビーフシチューとパンをもらおうかな」

さっそく萩之助が注文してくれたので郷子は嬉《うれ》しくなってしまった。

注文の品を厨房に伝えたあとも、まだにやにやしてしまう。

東京に身内や知り合いなどいないのだ。店の常連とはいくらか顔見知りにはなったものの、相手は客なので気安く話せるわけではない。しかし萩之助は店の外での活躍を知っているせいか、親しみを感じ、つい特別扱いしたくなる。それにしても普段気を張って働いている職場で知っている顔と出会うと、こんなにもほっとして、豊かな気持ちになるものなのだろうか。

郷子の顔と気持ちがゆるんでいるところに、

「畠山さん」

ぴしゃりと冷静な声がかかった。

いきなり現実に引き戻されたようで身体の動きが一瞬止まった。振り返ると「配膳の鬼」が立っている。

「さっきのお客さん、知り合いですか」

「はい、そうですが」

「あの人たちと話している間、他のお客さんのことがお留守になっていませんでしたか。さっき、畠山さんに注文したくて、あなたの方をうかがっていたお客さんが何人かいたことに気づいてました？」

「えっ」

まったく記憶にない。

厳しい指摘を受け、郷子は頭の芯《しん》に氷を当てられたような気がした。

「それに他のお客さんがいる前で、あんなふうに笑い転げたら、あなたに笑われているって勘違いしたお客さんもいたかもしれない。疎外感を抱いた人だっていたかもしれませんし」

そんなまさか。

しかし「疎外感を抱く人」と聞いて、郷子はまず自分のことが浮かんでしまった。つまり自分は他の客に、「東京に身内や知り合いなどいない」という、自分がよく感じているような寂しさを、味わわせてしまった可能性があるということだろうか。

そのあと客席を回ると、確かに雰囲気が違う。特に常連の反応が薄く冷たいような気がする。

「あの、お飲みものはいかがですか」

笑顔を絶やさないようにしながら郷子がたずねると、

「もういいよ。あんたは男前の客と話していたいんだろう」

と言われてしまった。

拗《す》ねるなんて子供っぽい反応なのかもしれない。けれど酒飲みは子供のようなもの。萩之助たちとの会話に夢中になっていた分、他の客をなおざりにしていたのは確かである。

ああ、久々にやってしまった……。

周りに意識を配るのを忘れて、お客さんといっしょになって騒いでしまうなんて。

もちろん悪いのは萩之助ではなく、立場を忘れてはしゃいでしまった自分である。

こんな状態で「失敗教育法」の洗礼から抜けられるわけがない。「見習い」の字が目にしみる。がっくり落ち込んでしまった郷子はその後、雑談は一切せずに、黙々と接客を続けた。

かしこまりました、さようでございますか、結構でございます、よろしゅうございますか、とひたすら繰り返し、いったん受け止めた反省によって引き起こされた後悔の気持ちが薄れてくるまで何とかやり過ごす。

「はいっ、畠山さん」

どん、と勢いよく背中を叩《たた》かれた。

「そんな顔してないで。お友達のお客さん、会計に向かっていますよ」

教えてくれたのは、真澄の、郷子に対する気遣いだろうか。

「美味《おい》しかった。賑《にぎ》やかないい店だね」

萩之助たちは上機嫌だった。

郷子はほっとする。よかった、萩之助たちには気持ちよく帰ってもらえて。他のお客さんや常連さんには悪かったが、次からは気をつけよう。

何とか気持ちを取り戻した郷子は、張り切ってそろばんを弾《はじ》いた。

前に小巻が、萩之助と「いつか、ゆっくり話してみたい」と言っていたことを思い出し、会計を済ませる際に伝言しておく。

「この前いっしょに行った小巻ちゃん、土曜の夕方にはこの店に来るんです。あの子はあなたの大ファンだから、よかったら二十九日の土曜にも来ていただけませんか。年内最後の営業日ですし、何より彼女が喜ぶと思います」

ふうんと萩之助は頷いた。

「大ファンとは嬉しいな。その小巻ちゃんって、どんな感じの子?」

「行動力があって、感受性が豊かで……」

ふと疑問を感じた郷子がたずねる。

「あれ？ 墨田区の、小巻ちゃんと同じ高校に通っているんですよね」

「同じ高校とはいっても、彼女とは校舎が違うから。話したことはほとんどないんだ」

「小巻ちゃんは萩之助さんと同じ校舎の、同じ高校じゃないんですか」

「高校は同じだけど、校舎は違うよ。彼女は盲学校の生徒だから」

ああ、と郷子は小さな返事をした。

どうして自分は勝手に、小巻が萩之助と同じ校舎に通っていると思ってしまったのだろう。

小巻は普段、郷子と普通に接してくる。目が不自由とはいっても、そんなことはたいした問題ではないと感じさせるくらい好奇心旺盛《おうせい》で元気がいいから、本当は見えているのではないかと思ってしまうくらいだった。

けれど萩之助の話を聞いて、やっぱり違うのだと思い知らされる。

そして小巻も、もしかしたら、田舎生まれで集団就職先から逃げ出した郷子に、自分とは違うという意味で興味を持ってくれているのかもしれない。

「まあ畠山さんの頼みなら仕方がない。でも、時間がとれたらね」

そう言って微笑を浮かべた萩之助には、舞台で見た妖艶《ようえん》さがほんのり漂っていた。

萩之助たちを見送ったあと郷子はため息を吐《つ》く。

はあ、かっこいい人と話すとえれぇ身体《からだ》が熱くなる。だけど、小巻ちゃんの学校のことにも頭が回らなかったなんてダメだんべぇ……。

ふたたび反省していると、真澄が近くにいたのでぎょっとした。

「あっ、ええと、今度は何か」

また注意を受けるのだろうか、とどきどきしながら顔を上げる。

「言い忘れたんですけど、畠山さんがさっきのお客さんにしていた料理の説明は、すごく良かったです」

「へっ」と郷子は声がひっくり返って動揺する。「ええと、でもそれは、前に二階堂さんから料理の情報を仕入れておいたほうがいい、『旬の食材料、あらゆる状況に応じたお勧め料理、エトセトラ』ってご助言をいただいたので、その通りに話しただけっていうか。二階堂さんのおかげです」

「いえ、畠山さんの努力のたまものです！」

遮るように言われたので、郷子はぽかんとしながらも、ありがとうございますと頭を下げた。

「だからさっき……ちょっときつい言い方をしましたけど、あまり引きずらないでください」

ちらっと目配せすると、真澄はまた仕事に戻っていった。

信じられない、と、郷子は立ち尽くす。

「配膳の鬼」と呼ばれる二階堂さんに褒めてもらえるなんて。それに「きつい言い方をしました」なんて詫《わ》びを入れられたのも驚きで、何が起きているのかわからない。それにしても、と首をひねる。

真澄の、郷子を慮《おもんぱか》るような目の動き。気を遣ってもらうのはありがたいが、よほど自分はショックを受けたように見えたのだろうか。

十二月二十二日、土曜日。休憩を終えて郷子が店に出たのは午後四時。すいている時間なので一階のテーブルには空席が目立っていた。

「畠山さん」

振り返ると、杖《つえ》をついた橋本小巻が真澄の腕に手を添えながらやって来る。

真澄は「付き添ってあげて」という意味を込めながら郷子を見たようだった。小巻の場合、何かを食べる際、ここに皿がありフォークがあると伝える人が必要だからだ。

真澄と交代した郷子が、いつもの端の席に小巻を連れて行こうとすると、途中でチラホラ常連から声がかかる。

「おっ、来たきた」

「洒落《しゃれ》ためがねのお嬢さん、こんにちは」

「あれ、今日は早いんだね」

同じく常連である小巻は、老若男女から人気者なのだった。

「みなさんごきげんよう」

小巻が鈴を転がすような声で挨拶すると、彼女を知っている人たちは酒が入っているのもあって、やんややんやの喝采《かっさい》を送る。

「私をこうして見た以上は、周りの障害のある人たちを大切にして、どんどん手を貸してあげてね。みんなとっても困ってるから。遠慮なんていらないのよ、ね、おじさん」

肩に手を置かれた労働者ふうの男は、「お、おう」と困ったように頷いたあと、ぎこちない動きながらも小巻の手を取り席に誘導する。

郷子は小巻のこういうところが、本当にすごいなと思うのだった。

病気がきっかけで目が不自由になったとは聞いたが、どんな事情があったにせよ、目が見えないという悲劇的な事実をちゃんと受け止めているから、「私をこうして見た以上は」なんて冗談のようなことが言えるのだ。

「小巻ちゃんって度胸があるね。私、さっきのおじさん、ちょっと怖いもん。もちろん仕事で声かけるのは平気だけど」

「だって見えないんだから、誰《だれ》でも頼っていかないと生きていけないでしょ」

椅子に座った小巻は少し顔を上げる。

「キョーちゃんに見えているものが、私には見えないから。さっきのおじさんが怖いっていう先入観そのものが、私にはないの。その分大胆に思われるのかも」

食べ盛りの小巻はおやつ代わりにナポリタンを注文すると、粉チーズをたっぷりかけて、ゆっくり一本ずつかみしめるようにしながら食べ終えた。

「はあ、美味しかった。ちょっと、キョーちゃん」

少し先で食器を片づけていた郷子を呼びつける。

「私のお皿、空よね？」

郷子に確認してもらうと、小巻はオレンジ色に染まった口もとをハンケチで丁寧に拭《ふ》いた。

郷子はあたりを見回してから、小巻の方に身を寄せる。

「あのね、聞きたいことがあるんだけど……」

小巻のグラスに追加の水をつぐと、さらに声を潜めた。

「男の人と女の人が二人で山に行くのって、最近流行《はや》っているの？」

「何それ、ずいぶんぼんやりした質問ね。ハイキングみたいなレジャーのこと？　その男女はお付き合いしているの？」

うーん、と郷子は言い淀《よど》んだ。

真澄と、店によく来ている二十代前半くらいの青年がそんな話をしていたのだと言ってしまうのは簡単だが、秘密を暴露するようで気が引ける。

「お付き合いしているかどうかはわからないんだけど、仲はいいみたい。で、そんな二人がちょっと深刻そうな感じでこんなふうに顔を寄せて」と郷子は小巻に少しだけ顔を近づける。「『やるとしたらやっぱり一月』『山に行かないと後悔するだろう』なんて、疲れているような、暗い感じで話していたんだよね。何だか気になって」

少し考えてから、ああ、なるほどぉ、とつぶやいた小巻はにんまりする。

「するとその二人、もしかして、心中しようともくろんでいるんじゃないかしら」

「ええっ！」

大きな声をあげた郷子は慌てて自分の口を手の甲で塞いだ。

無意識のうちに真澄を探したが、客の少ない時間帯を狙《ねら》って休憩を取っているのか、その姿は見えない。ハンチングの青年は最近、夕方になると毎日のようにやって来るので、たぶんもう少ししたら姿を見せるだろう。

「深刻そうな男女っていうのは、たいてい山を目指すものよ。坂田山《さかたやま》心中に天城山《あまぎさん》心中は知ってる？　相思相愛の男女が起こす事件って、なぜか山を舞台にしているものが多いじゃない？」

そんなまさか。

けれど心中という強烈な言葉が頭に差し込まれたせいか、記憶の中の真澄と青年の間に漂っていたものが、ただならぬ空気だったような気がしてきて、郷子は言葉を失った。腰骨あたりがぞっと寒くなってくる。

「ところで、その男女って誰のこと？」

好奇心たっぷりの質問を、「この前公園でそういう人を見かけたから、気になって聞いただけ」と慌てて郷子がかわすと、小巻はてのひらを合わせて顔の横に添える。

「でも心中って、何だかロマンチック。現世では結ばれなかった男女があの世でついに魂の抱擁をかわす……なーんてなかなか素敵じゃない？」

「それはちょっと夢をみすぎじゃないかな」

郷子はぴしりと釘《くぎ》をさした。

「心中がロマンチックなんて、新聞や雑誌の記者が作り上げたイメージかもしれないじゃない。だって、人が二人も亡くなるんだよ。きれいごとばかりじゃないと思うけど」

真澄のことを思って不安になったせいか、口調がきつくなってしまった。

「まあ、そうかもしれないけど……。でも聞いてきたのはそっちでしょ！」

口をへの字に結んだ小巻は、ポカスカと郷子を叩くような仕草を向けてきた。

「そうだった、ごめん」

謝った郷子は、小巻の近くのテーブルに残っていた食器をてきぱきと片づけ始めた。

心中という推測はちょっと極端すぎる。

だからいったんそのイメージを頭から追い払おうと思ったのだ。

引いた食器を洗い場へ渡し、小巻のもとに戻ると、彼女の前の食器も片づけ始める。すると郷子の手を探り当てた小巻が、そこに自分の手を乗せた。

「今日はね、私、キョーちゃんに伝えたいことがあって来たの」

小巻はわずかに顔を傾ける。

「今度、このお店のプリンアラモードをいっしょに食べない？」

「プリンアラモード？　そういえば、二階にそんなメニューがあったね」

プリンや珈琲《コーヒー》などの喫茶メニューは、百貨店のレストランにも似た雰囲気の、二階専用のメニューだった。

「あら、店の商品なのに知らないの？」

「今のところ一階専門で働いているから、一階の食べものしか試食したことがないんだよね」

「一階だろうと二階だろうと、このお店のメニューには変わりないじゃない。キョーちゃんも食べておいたほうがいいと思うんだけど」

「それは確かにそうかも」

一階で働いているからといって、二階専用のメニューについて客から質問されないとは限らない。

「でも小巻ちゃんは、いつでも二階に行って食べられるじゃない」

「そうじゃなくって」

憤慨したのか小巻は頰を膨らませる。

「私は、キョーちゃんといっしょに食べたいの。プリンアラモードを食べたときの、キョーちゃんの感想が聞きたいの。私と生い立ちの違うキョーちゃんならではの感覚、それが新鮮でおもしろいのよ。この前六区を歩いたときだって……」

うふふ、と忍び笑いを洩《も》らした小巻は口もとを押さえる。いったい何を思い出しているのか。

店内を見回すとまだ客は少ない。もう少し小巻と話していても大丈夫だろう。

食器を載せたトレイをテーブルに置くと、郷子はまた小巻の方に顔を寄せる。

「ところでプリンアラモードって何なの？　実は私、プリンって食べたことがないんだよね」

へえ、と小巻が嬉しそうな声をあげた。

「プリンを食べたことがないなんて、やっぱりキョーちゃんは新鮮だわ」

ばかにされているのだろうか。そう思った郷子が、「私、もう仕事に戻る」と早口で言うと、「待って！」と小巻は慌てて空《くう》をかきながら郷子の存在を探している。そうなると郷子としては、小巻の手を取ってやるしかない。

探し出した郷子の手を自分の頰に添えた小巻は、キョーちゃんの手は冷たいねと言って、にっこりする。

「でも、手の冷たい人は心が温かいのよ。私、見栄《みえ》を張らないで素直に食べたことがないって言えるキョーちゃんが好きだわ。勇気があって、都会の人間にはない清廉さを感じるもの。うん、じゃあ教えてあげる。プリンっていうのはね、卵と牛乳を固めて、ほろ苦いカラメルソースをかけた柔らかいデザートのこと」

「柔らかい、固めた卵と牛乳。乳臭《ちちくさ》い茶碗《ちゃわん》蒸しみたいな感じ？」

あはは、と甲高《かんだか》い声で笑った小巻は、郷子の反応を気にしたのか慌てて口を押さえる。

「違う。茶碗蒸しと違って冷たいの。みつばも椎茸《しいたけ》も入ってないの。それに乳臭い、じゃなくて、甘くていい香りがするのよ」

「甘くていい香り？　焼きたての焼きまんじゅうみたいな香り？」

「焼きまんじゅうって何？」

「あんの入っていないまんじゅうの皮に、甘い味噌《みそ》を塗って焼いた群馬のおやつ。川のせせらぎが聞こえるような、紅葉のきれいな渓谷の土産物屋で焼いていたりするの」

「それはそれで美味しそう！　でも、お味噌を使った焼きまんじゅうは甘いというより、こうばしい香りがするんじゃないかしら」

なかなか鋭いことを言う。

郷子がそう思っていると、小巻は鞄《かばん》をたぐり寄せて、中のポーチから茶色い小瓶を取り出し蓋《ふた》を開け、その中身をほんの少しだけ指に取った。それから「キョーちゃん」と手招きすると、屈《かが》んできた郷子の頬に触れ、そのままなぞるようにして耳たぶを探し、その裏にさきほどの指先を当てた。

「な、何っ？」

驚いた郷子が身を引くと、顔の周りに甘ったるい香りが漂う。

「バニラエッセンス。これがプリンに入っている香料」

茶色の小瓶を持ったまま小巻が言った。

「これが……。確かに甘くていい香り」

クンクンと鼻を動かしながら郷子はうっとりした。貴族の香水を盗んで、こっそりつけてしまったような後ろめたさを感じ、胸の芯がうずいてくる。

「プリンアラモードを最初に出したのは横浜のホテルのカフェレストランなの。アラモードはフランス語で『最新の』とか『流行の』っていう意味らしいんだけど、まあ、プリンの周りに果物やアイスクリームや生クリームをじゃんじゃんあしらった最高のデザート、っていう解釈でいいんじゃない？」

「果物やアイスクリームがじゃんじゃん。それは豪気というか、豪勢な食べものだね」

郷子が感心していると、あははっと小巻がまた笑っている。

一方、郷子は東京に出て初めて食べたアイスクリームの味を思い出していた。あまりに冷たくて、美味しくて、そのときはびっくりしたものだった。まるで凍ったバタークリームを舌の熱で溶かしたような、とろりとした濃厚さが懐かしい。そのときの感動をまた味わってみたい。

「プリンアラモード、だんだん私も食べたくなってきた」

「でしょ？」

「でも、店の商品をここで堂々と食べるのは気がひけるなあ」

かつては客席でカレーを食べた郷子だが、それはちょっと前の話。店員となった今は、食事は三階の休憩室だけと決めている。

すると突然手を挙げた小巻が、「おかみさーん」と声をあげた。

少ししてからおかみのとし子がやって来たので、郷子は慌ててしまった。

「あわわ、おかみさん。お忙しいのにお呼び立てしてすみません」

「何言ってるの、私は小巻ちゃんに呼ばれたから来たのよ。どうしたの？」

胸元にクリスマスツリーのブローチをつけたとし子は、小巻の傍らに立つと、彼女の顔を覗《のぞ》き込む。ひそひそと小巻が話し出すと、

「じゃあ、持ち帰っていっしょに食べたら？」

と、とし子は提案した。「冬なんだから、キョーちゃんの部屋くらいの距離ならアイスもたいして溶けないでしょ」

「素敵。それなら今年最後の土曜日は、お店が終わった後、キョーちゃんのお部屋で年末プリンアラモード会ね。こたつに入りながら食べるプリンアラモードって魅力的だわ！」

「えっ、ちょっとちょっと、待ってくださいよ」

落ち着きをなくした郷子が声をあげた。

「いつの間に私の部屋で食べる予定になったの？　それより器は？　借りてしまって、店のほうで数が足りなくなったらどうするんです？」

「その日は最終日でしょ。洗って年明けに返してくれたらいいわよ」

「嬉しい。ねえ、いいわよね」

事情がよくのみこめないまま小巻に聞かれ、えっ、うんと郷子は返事をしてしまった。

「年末にプリンアラモードっていいわねえ。うちもそんなイベントをやってみようかしら」

小巻の背に手を添えたあと、とし子は厨房の方に戻って行った。そんな彼女に向かって、ありがとうと声を放ってから小巻が続ける。

「じゃあ、キョーちゃん、二十九日の晩は部屋も身体もあけておいてね。私、銭湯の準備もしていくからね。ああ、冬休みはお父さんといっしょにいるのが憂鬱《ゆううつ》だったけど、キョーちゃんと食べるプリンアラモードのためなら私、がんばれる！」

つまり、二十九日は泊まりがけで来るのだろう。

強引に押し切られてしまったが、おかげでプリンアラモードが食べられると思うと、郷子もまんざらではなかった。いつも貧乏でカツカツだが、せっかくの仕事納めの日なのだから、アラモードなんて立派な名前がついたものを食《しょく》してもバチは当たるまい。いや、むしろ今年一年がんばった自分へのご褒美である。

それに今年最後の土曜日は、萩之助がまた来店するかもしれない。この件についてはあえて小巻に伝えず、当日に知らせて驚かせてやればいいだろう。

「ところでどうして香料なんて持ち歩いているの？」

「香水を使ったら学校で怒られるから、代わりにこれを使うの。それで先生に『橋本、何かつけてるのか』なんて怖い声で問い詰められたときは、『あら先生、私、お菓子を作るのが趣味なんですけど、こちらのことでしょうか』って、この瓶を出してやるのよ。すると先生も何も言えないでしょう？　それが私おかしくって」

細い指をくちびるに当て、くっくっくっ、と小巻は肩をふるわせて笑っている。

何事もおもしろがるのが好きな性分らしい。

心中なんてまさか、そんなことはさすがにあるまい。

だが気になった郷子は、来年の出勤予定一覧を確認してみた。

すると真澄は一月二十六、七の土日に休暇願いを出していた。

忙しい週末に真澄が休んだことは、郷子の知る限り一度もなかったはずだ。いや、身内の法事とかそういう種類の休みかもしれないじゃないか。自分の知らない一面を小巻が有するのと同じように、真澄だって、思いもよらない一面を持っていてもおかしくはない。

けれどある日の休日——自分の乗っていたバスに偶然真澄の姿を見つけた郷子は、妙な因縁を感じてしまい、思わず彼女のあとをつけてしまった。

真澄が降りたのは深川《ふかがわ》の木場《きば》。建築用木材を扱う業者が多い土地で、街の中を走っている運河沿いには、貯木場や木材の切り出し場が点在している。

バスを降り慣れた様子で歩いていく真澄は、運河にかかる粗末な橋の上で立ち止まると、トレンチコートのポケットに両手を差し込み、橋の下方を注視している。

橋の手前で身を隠しながら郷子が確認すると、沈んだ様子の真澄は、運河に浮かぶ大量の木材をクレーンで移動させている青年を見つめているようだった。

五分ほど真澄は静かに見下ろしていた。しかし気づいた青年が「おーい」と下から手を振ると、彼のもとに降りていく。

頭に巻いた手ぬぐいを外した青年はやはり、店で見かける例の青年である。

「これ」

真澄が鞄からブリキの弁当箱を取り出すと、

「ありがとう」

と受け取った青年は川べりの適当な場所を見つけて座り、弁当の蓋を開け、嬉しそうな顔をした。隣に腰かけた真澄はマッチを取り出したばこに火を点《つ》ける。

弁当はいかにも真澄が作ったものらしく、無骨なおにぎりが三つ入っているだけの簡素なものだった。蓋に押しつぶされた、大きなおにぎりにかぶりついた青年を、郷子は川沿いに植えられた木の陰からじっと見る。実にうまそうに食べていた。

「肇《はじめ》、あんたはどう？　休めそうなの？」

「休むさ、大事な節目だからね。ちゃんと親方に言ったよ。何だ、マーちゃんは暗いじゃないか。少し痩《や》せたね。どうしたの？」

「だって、向き合うのが怖い。強がってなんかいられないよ」

真澄は片手で頭を抱えた。

「逃げたくなったらどうしよう……」

「俺たち、ずっと真面目《まじめ》にやってきたじゃないか。その日のためにやってきたって言っても大げさじゃない、大丈夫だよ」

返事をする代わりに、億劫《おっくう》そうな気配の真澄は細い煙を吐いている。たばこを持つ手がかすかに震えていたようだったが、気のせいだろうか。

青年は何も言わずに真澄の横顔を見ていた。

翌日の休憩室で、郷子の斜め向かいに座っていた真澄が昼食にとっていたのは、昨日、肇青年に渡していたのと同じおにぎりだった。

肇青年は今日も店に来ていた。仕事が休みだったのか、いつもより早い時間におとずれた彼に、真澄が視線を向けると、二人は一瞬だけ目を合わせていた。

にこりともしない、しかし突き放すほど冷たくはない。そんな二人の間に流れていたものは性的な意味での愛ではなく、親が子を見守るようなさりげないいたわりを含んでいたように思う。真澄は肇の前で弱音を洩らしていて、それが郷子には意外だった。

だからこそ昨日の不穏な会話が気になって仕方がない。

親子だって心中はする。

真澄と肇の二人は山に向かう前に、どちらも職場に休暇願いを出したらしい。果たして心中する前に、きっちり休みを取るものなのだろうか。しかし責任感のある真澄ならば考えられないこともない。木場であとをつけるまでは、まさかと思っていたが、何をするつもりなのだろう。盗み聞きなんてするんじゃなかった……。

後悔しながら真澄を見た。

いや、気になっているならいっそ聞いてしまえばいいじゃないか。二階堂さん、一月に何か変なことを予定していませんよね、と。偶然二人の会話を聞いてしまったんです、私、気になっているんです、と。

しかし踏み込んだ質問であることは確かだ。こういう場合、浅草っ子ならどうするだろう？　やはり踏み込まないで見守るのが賢明なのだろうか。

考え事をしながら真澄の残りのおにぎりを見つめていたせいか、

「これ、食べる？」

と彼女が聞いてきた。

ハッ、と郷子は顔を上げる。物欲しそうに見えただろうか。

「いえっ、あの、その立派なおにぎりは美味しそうですけど、二階堂さんが召し上がってください。夜の仕事、お腹すいちゃいますから」

「でも、ちょっと食欲がなくって」

真澄は胃のあたりを手で押さえている。

「どうしたんです？　大丈夫ですか」

「うん、みぞおちのあたりが重いの。だからよかったら」

「病院に行かなくていいんですか」

「たまにあるんだ。何も入れずにほっとけば大丈夫」

本当に大丈夫なのだろうか。今回のみぞおちの原因はまさか、あの青年と計画していることだろうか……。

思わず握った手に力がこもる。だが気づくと、目前の真澄は眉を寄せて、郷子の顔を覗き込んでいる。

「畠山さんこそご飯をちゃんと食べて夜は眠れているの？　いつまでも痩せっぽちだし、頭に寝癖もついてるし」

郷子は気まずそうに後頭部の髪を触った。配膳の仕事中はお下げにせず、後ろで一つに結んでいるのだが、ゴムの上あたりの毛がいつも雀《すずめ》の巣のようにからまって乱れている。

「これは単に、私が寝癖のついたまま無理矢理ゴムでしばっているからこうなっているだけでして、次から気をつけます」

こちらが心配したはずなのに、立場が逆転してしまった。

ふがいなさを感じながらも、郷子はせっかくもらったおにぎりなので食べることにした。いただきますと言って遠慮がちに齧《かじ》ると、混ぜご飯を使っているもので、実に美味しい。

最後はガツガツと夢中になって食べてしまった。

「これ、どうやって作っているんですか」

「炊きたてのご飯に、近所の蕎麦屋《そばや》でもらった揚げ玉と、刻んだ梅干しと青じそとごま、さらに醬油《しょうゆ》を少し回し入れて、ざっくり混ぜてにぎっただけ」

「ほう、ほう」

夢中で食べたせいか、郷子は二個目もあっという間に食べ終えた。

しかしおにぎりに幻惑され、かんじんのことが聞けなかった。ごちそうさまでしたと伝えてから、ふと思いつく。

「二階堂さん、年末はどうするんですか？　帰省するんですか」

　真澄は首を振る。

「私、出身は東京なの。だから年末年始は部屋で何かつまみながらお酒を飲むくらい」

　へえ、とつぶやいた郷子は嬉しくなった。

　それなら自分と似たような過ごし方ではないか。急に親近感が湧《わ》いてきて、つい微笑を浮かべてしまった。

「でしたらいっしょに、プリンアラモードを食べませんか」

　えっ、という驚きが真澄の顔に浮かぶ。

「プリンアラモードって、どこの？　もしかしてうちの？」

「はい。いつも店に来る小巻ちゃんなんですけどね」

「うん」

「彼女と、年末の、二十九日の仕事納めの日に、私の部屋で打ち上げをしよう、プリンアラモードをいっしょに食べようって約束したんです。二階堂さんは私より前から、小巻ちゃんの知り合いですし……」

　かつて小巻が、真澄の誘導を褒めていたことを郷子はおぼえていた。二階堂さんはキョーちゃんより先輩というのもあるんでしょうけど、安心して身をまかせていられる。身体の軸がぶれないっていうか。だからきっと二階堂さんはそういう人なのね。

目が不自由なせいか、小巻は、外見や年齢や微妙な立場の差といった普通の人が気にするような情報を、必要以上に推《お》し量ることはない。だからこそ彼女の言葉はまっすぐで信じられるとも思えるのだった。

「せっかく二人で遊ぶのに、私が混ざっていいの?」

「ええ、どうぞ、汚い部屋ですけど。小巻ちゃんも喜ぶと思います」

「ありがとう。考えておく」

その後真澄は窓辺に行くと、細く窓を開けて顔を出し、マッチで火を点けたたばこの煙を外に向かって吐いている。

郷子は少しほっとしていた。もし何か事情があるならば、小巻を交えて会話をしているうちに、そんな話も出るかもしれない。

店で働き始めた頃は、ウェイトレスなんてただ料理を運べばいいだけだと、郷子は思っていた。

けれど実際に身体を使っていると、どんどん新しい課題が見えてくる。

それが不思議でなかなか奥の深い世界なのだった。

料理や酒や皿やグラスの数々は、それぞれの形や温度や味わいに応じた扱い方がある。

客の対応についてもそれは同じだ。最初のうちは、酔っ払いの相手をするなんて嫌だなと思い込んでいた。けれど配膳を通して向き合ってみると、当たり前だが、客の一人ひとりの向こう側にはそれぞれの人生があり、背景があって、一筋縄ではいかない多面的な世界が広がっている。だからこそ飲食店の仕事はおもしろい、と郷子は感じられるようになっていて、そんな自分になれたことが近頃妙に嬉しくて仕方がないのだった。いつ逃げよう、どう逃げようと工場長や彼の腰巾着《こしぎんちゃく》の顔色ばかりうかがっていた、卑屈だった工場勤務の頃より、ずっと本来の自分に近い場所にいるような気がする。

そして、十二月二十九日の土曜日がやってきた。

白い息を吐きながら郷子は、店の入り口に飾られた蠟細工《ろうざいく》のプリンアラモードにパンパンッと両手を打ち合わせた。

クリスマスは仕事だけで終わってしまったが、今日はこれがある。プリンアラモードを食べられると思えば苦しいことなど何もない。これを食べて、畠山郷子は今晩から郷子アラモードに変身するのだ。

プリンもアラモードもよく知らないからこそ、いろんな妄想ができるのが楽しい。

しかし年末の最終日である。

楽しい妄想など頭から吹っ飛ぶくらいの人混みで、郷子は目が回りそうだった。一階のテーブルはどこもぎっしりと客で埋まり、ウェイトレスやウェイターを呼ぶ声が飛び交《か》い、途中、郷子は何度も客とぶつかりそうになった。

けれどそのたびにプリンアラモード、プリンアラモード……と思い出し、何とか乗り切っていく。

夕方近くになっても店は混雑していた。

そんな中やって来てくれたのは萩之助である。

「本当に来てくれたんですね！」

約束を覚えていてくれたことが嬉しくて郷子は声をあげた。萩之助は手をひらひらと動かし、自分に構わず存分に働いてくれというポーズを見せる。

「今日の昼で浅草の公演が全部終わったんだ。だから今から打ち上げ」

萩之助の座ったテーブルには座長以外にも数人、劇団員らしき男たちが交じっていた。

「小巻ちゃん、もうすぐ来ると思うんですけど」

郷子は会計の客が群がる入り口の方を見た。けれどまだその姿はない。

どうしたんだろう、せっかく萩之助が来てくれたのに……。

焦《じ》れったい気持ちを抱えていると、急に二十人ほどの団体が入ってきた。

と、そこで郷子は練習を重ね少しずつ慣れてきた「プレートサービス」をやってみようかと思いついた。だが、いざ料理を運ぼうと、三枚目の皿を親指のつけ根に載せて歩き出した瞬間、最後の皿がぐらりとゆれる。

「あっ」

郷子は悲鳴に近い声をあげた。

すかさず手を伸ばしてくれたのはとし子である。

危うくこぼれそうだったジャーマンポテトの皿をテーブルに置いたとし子は、「キョーちゃん」と厳しい声を出す。

「トレイで運べるようになったばかりなんだから、ひとまず安定するまでは、そのやり方を続けなさい」

とし子の目の光が恐ろしく鋭かったので、二枚の皿をカウンターに戻した郷子は内腿《うちもも》をぎゅっと寄せて震え上がった。料理をこぼさなかったのは幸いだったが、郷子としては、とし子に迷惑をかけるのがいちばんこたえる。小巻のことが気になって、つい、浮《うわ》ついてしまった。

「は、はい。おかみさんすみません」

ウェイターによって、ジャーマンポテトを含めた三皿が運ばれていったのを見届けてから、とし子がたずねる。

「さっき、どうしてお料理がこぼれそうになったかわかる？」

「私が慌てたからでしょうか」と、郷子は消え入りそうな声を出す。

「ううん、そんな漠然としたことじゃなくて、単純に、最後に載せた皿が傾いていたからこぼれ落ちそうになったの」

はい、と郷子は小さく頷いた。さっきの状態では結局、とし子が助けてくれなかったら残りの二枚も取り落としていただろう。

「皿を運ぶとき、三枚全部を水平に持つように、意識した？」

「いえ、あまり……」

めっ、と甘い叱責《しっせき》を送るように目を細めたとし子は、それ以上は言わずに自分の仕事に戻っていった。

そこで、ふと、何かを感じた郷子は顔を上げる。

見回すと厨房の入り口付近に立つ柱の陰から、真澄がこちらを見ていたようだった。

目が合った真澄は、「ドンマイ」と言っているような感じで小さく拳《こぶし》をにぎっている。

つまり今の一連の出来事は、とし子も交えた久々の「失敗教育法」だったのだろうか。

すると郷子は、何だか、だんだん悲しくなってきてしまった。

まるで真澄が、「これが私の教えられる最後の失敗教育法。もう私がいなくても大丈夫」と言っているような気がしたからだった。

ぐっと腹を決めた郷子は、近くのテーブルに残っていた食後の皿をトレイに載せると、厨房に向かって歩いて行く。

「二階堂さん」

すれ違いざまに声をかけると、郷子の全身に決意がこもっていたせいか、真澄はその勢いに押されるように身を引いた。

「このあとの休憩のとき、ちょっとお時間いただいてもいいですか。私、大事な話があって」

「大事な話、私に？」

「はい。ずっとずっと、二階堂さんに聞かなきゃって思っていることがあって……」

感情がたかぶってきた郷子は声が上ずり、目尻《めじり》が熱くなってしまった。トレイの上の食器がその興奮を受けてカタカタとゆれ始める。

眉を寄せていた真澄だが、「待って」と慌てて言うと、そのあと切り出したのは予想外のことだった。

「実は私も、畠山さんに確かめたいことがあったの」

互いに考えていることが、行き違いになっていたようだった。

真澄は郷子について、なぜか、「人生を思い詰めるあまり反社会的な運動に身を投じようとしている若者ではないか」と疑っていたらしい。

「反社会って、ヤクザ映画じゃないんですから」

郷子が休憩室で脱力したように洩らすと、同じく休憩に入った真澄は誤解が解けてほっとしたのか、大きなため息を吐いた。

「ああ、違うならよかった、ほっとした！　だって畠山さん、仕事終わりに一人で怖い顔をしてバールなんて磨いているから、私もびっくりしちゃって。しかも磨きながら『チクショー』とか『クソー』とか悔しそうに言ってたのはおぼえてる？」

郷子は苦笑いを浮かべた。まったく記憶にない。

「鬱憤がたまっているようだったから、何か変なことを企てているんじゃないかって心配しちゃって」

「まあ、そんな現場見たら、普通はそう思いますよね」

工場から逃げて来た集団就職の脱落者――そういった事情を抱えた人間が、夜も更けた誰もいない更衣室でバールを磨きながら恨み言をつぶやいていれば、「反社会的な運動に身を投じようとしている」と疑われることもあるかもしれない。そんな郷子がエネルギーを向ける方向を間違わないように、と、真澄は教育係として責任を感じていたようだった。だからこそ早く仕事をおぼえてもらうための「失敗教育法」でもあったのだろう。

まさか、肇と心中なんてするつもりはない。

少し笑いながらそう言った真澄に、今度ほっとしたのは郷子のほうだった。胸を撫《な》でおろしながらつぶやく。

「それなら、あの男の人は……」

だがそれ以上たずねる権利はこちらにはない。そう思い口を閉じた郷子だったが、小さく深呼吸した真澄は観念したように目を伏せてから、もう一度こっちを見た。

「店で私が話していた男の子……と言ってももう二十三なんだけど、肇は私と同じ境遇の子で、私たちは戦争孤児なの。出会ったとき私は十歳で、肇は六歳。三月十日の東京大空襲は有名だけど、一月二十七日の銀座空襲は知ってる？　私も肇も、銀座の空襲に被災したせいで、親やきょうだいを亡くしてしまった。あれから十七年たったね、ちょうど今頃だったね、何とか二人とも生き延びたねって、彼とはいつもそんな話をしているの」

少しうつむいた真澄は、テーブルの上に字を書くように指を動かしている。

「別に隠していたわけじゃないんだけど、誰に話したからってどうなるわけでもないでしょ。でも来年の一月二十六日と二十七日は、初めて、二日かけて互いの家族のお墓に行こうって、二人で決めたの。十七回忌はもう過ぎちゃったけど、肇の家族は長野にあるお寺のお墓に入っていて、私の家族は、全員じゃないけど、渋谷の大山公園に眠っているから――」

大山というのは、渋谷の大山公園のことだったようだ。きっと、真澄の家族以外にもたくさんの人が埋められ眠っている場所なのだろう。東京には、空襲の際亡くなった人の遺体を埋めた仮埋葬の地が、他にもたくさんあるのだという。

「今まで、お墓参りなんてしたことがなかったんだよね。ずっと私は気持ちに余裕がなかったし、何せ混乱している最中の埋葬だったから。それに私だけ生き残っちゃって、どうしても現実に向き合うことができなくて」

真澄は郷子と目を合わせず、少しうつむいたままそう言った。そんな彼女の話を聞いているうちに、ひどく申し訳ない気持ちになった郷子は顔色を失い、肩を落としてしゅんとしてしまった。

家族全員を亡くし、自分だけ生き残ってしまった。

十歳の子には、身を引き裂かれるような現実だっただろう。自分を責めながら、そのうえ不安定な時代を孤児として生きていかなければならないというのは、二重の苦しみである。日常、学校、就職、結婚。あらゆる場面で現実はついて回る。戦争孤児は戦後、差別されたり虐げられたり、理不尽な扱いを受けたという話は郷子も聞いたことがあった。

だから木場で見かけたとき「向き合うのが怖い」と真澄は口にしたのだろう。「配膳の鬼」と呼ばれている理由も、郷子は少しわかったような気がした。自分の生活を守るためには、とにかく目の前の仕事を必死にやるしかない。

「すみません、言いたくないことを無理に言わせてしまったようで……」

郷子は絞り出すように小さい声で言った。が、ううん、と真澄は頭を振る。

「こんな話、聞かせてごめんね」

負担をかけないよう気を遣っているのか、真澄は軽く言っただけだった。

しかし郷子には、薄汚れた身なりの、目つきのすさんだ子供たちが肩を寄せて駅や街をうろついている姿が見えてくるようだった。戦後、行くあてのない戦争孤児は街の印象を悪くするからと、行政のトラックに無理矢理乗せられて、ゴミのように山奥に捨てられたという話も聞いたことがある。大人にとって、何と都合のいい話だろう。大人の欲望を満たすために子供は生きているわけではないのに。

しばらく考え込んでいた郷子は、やっとの思いで真澄に視線を戻した。

「こんなことしか言えないんですけど、前に話したプリンアラモード。やっぱり今日、いっしょに食べませんか」

「えっ、何で急にプリンアラモードなの？」

「二階堂さんには、今までよくがんばってきたなぁっていう意味で、美味しくてキラキラしたものを食べてほしいんです。子供も大人も好きな、最新で、流行の、いかにもご褒美っていう感じがするものを食べてほしい」

あっ、そうだ、と言って郷子は手を叩いた。

「せっかくだから、肇さんも呼びませんか」

「肇？　あいつも交ざっていいの？」

「今日もお店にいらっしゃってましたよね。甘いものがお嫌いでなければ、ぜひ」

真澄はしばらくぽかんとしていた。

けれど少し乗り気になってきたのか、頬を触り、もじもじと身体をゆらし、照れくさそうに言う。

「私、プリンアラモードって自分で注文して食べたことがないの。だから、ちょっと、食べてみたいかも」

嬉しくなった郷子はにっと口角を上げた。しかしまだ仕事は残っている。

遅い昼食を済ませた二人は、また張り切って店に戻っていった。

閉店間近になった頃、小巻の母親から店に電話がかかってきた。

冬休みに入った小巻は、生活の変化で急に疲れが出たのか、熱を出してしまったのだという。

「お大事にって、小巻ちゃんに伝えてください」

残念だったけれどそう言って、郷子はその旨を萩之助にも伝えた。

「それなら仕方がない。こっちはこっちで楽しくやっていたから気にしないで」

そして萩之助は他のメンバーと賑やかに話しながら帰っていく。地方から地方へと巡業して回るのも大変だろう。ふと、寂しさを感じた郷子は思わず聞いた。

「次はいつ、この街に来るんですか」

「来年の夏くらいかな」

萩之助は背中を向けたまま小さく手を振っていた。

そうして今年最後の仕事を終えたあと、郷子は自分の部屋に——真澄と肇の二人を招くことにしたのだ。

「プリンアラモードを食べようって言い出したのは、そもそも小巻ちゃんだったんです。だから悔しがってるだろうなぁ」

「熱が出たならしょうがない。それにしてもさすがお嬢さん、家に電話があるなんてすごいね」

真澄はそう言いながら、借りてきた岡持ちの蓋を引き上げた。中から出てきたのはプリンアラモードが三つ。それを取り出し、こたつ板の上に並べると、さらに借りてきたスプーンをそれぞれの前に置いた。

「部屋に掘りごたつがあるのだって、すごいじゃないか」

知らない女の子の部屋に入ったことが恥ずかしいのか、肇は照れくさそうにハンチング帽を脱ぐと両手でぐしゃりと折り曲げた。帽子の下から現れたのは、きれいな瞳《ひとみ》をした青年だった。

「前に住んでいた人が寒がりで、この部屋は特に日当たりが悪いから、わざわざ作ったみたいです」

「へえ、中は電気……のわけないか」と真澄が布団をめくった。

「燃料は炭です。火傷《やけど》に気をつけて」

「あったかいこたつに入ってアイスクリームを食べるなんて、最高だよ」

両手をこたつに突っ込んだまま、肇が興奮したように言った。さっきまで酒を飲んでいたので、まだ酔いが残っているようだ。それに甘いものは大好物なのだという。

「換気はしてる？　しないと死ぬからね」

「またマーちゃんはそういう冷静なことを」

真澄はずっと肇からマーちゃんと呼ばれていた。

郷子はそんな目前の二人をじっと眺める。二人の間にはきっと、自分には想像できないような出来事が、たくさんあったのだろう。

じゃあ、と遠慮がちに言った郷子が二人を見ると、それを合図に「今年はお疲れさまでした。いただきまーす」と三人の声がそろった。

念願のプリンアラモードは、中央にかっちりした自家製プリンが控えている立派なものだった。プリンの周りはバニラとストロベリーのアイス、パイナップル、バナナ、生クリームなどが彩っている。店の裏口で受け取ってすぐに運んできたから、とし子が言っていたようにアイスはほとんど溶けていない。

プリンを口に入れて、目を見開き、ジタバタと身体をゆらした郷子に、真澄が聞く。

「畠山さん、初めてのプリンはどう？」

「美味しいっ！　形はしっかりしているけど、柔らかいんですね」

あっという間に溶けてしまったので、また一口。スプーンを手にしたまま郷子は眉を下げてにんまりと笑った。ほろ苦さと甘さが口の中で綱引きして、疲れた心がとろけていく。

肇も夢中でパクパク口に運んでいる。このご時世、パイナップルやバナナだけでも充分なご馳走《ちそう》だ。

郷子は次に、アイスクリームを口に入れる。

しかし、凍ったバタークリームを舌の熱で溶かしたような、とろりとした濃厚さが今日はなぜか寂しい——果たして小巻の体調は大丈夫だろうか。

そんな気持ちが反映されたのかもしれない。


年が明けて昭和三十八年、一月五日、土曜日の夕方。

一階のいつもの席に座った小巻は、特別に二階から運ばせたプリンアラモードを一人で食べ始めた。

「ああ、悔しい！　萩之助に会えなかったなんて。キョーちゃん一人だけが会ったなんてどうしてくれよう！　それにしても何で電話で言ってくれなかったの？　萩之助がいるって知っていたら、私、這《は》ってでも来たのに！」

小巻は郷子が教えた位置にあるバナナにフォークを突き刺すと、生クリームがついているそれをガブリと頬張った。

そんな無茶な……と郷子が思っていると、小巻はますますはげしくフォークを前に繰り出し、手当たり次第フルーツに突き刺し、口にどんどん放《ほう》り込んでいく。

「病気の間、うちのお母さんってば本当にうるさかったんだから。ちょっと熱が出たからって、『もしも耳まで聞こえなくなったらどうしようっ』なんて騒いで、女中さんには『先生が来るのが遅すぎる、本当に呼んできたの？』なんてイライラして八つ当たりしていたのよ。うるさくてこっちが休んでいられない」

それから、鼻に生クリームをつけたまま手を止めた。

「でも今回ね、いつまでもお母さんに頼っていちゃだめだなって、ちょっと思ったの。今までは、身の周りのことは全部お母さんや女中さんがやってくれるからって思っていたんだけど、これからは、あれこれ言われる前に自分でできるようにしていかないと。だって、私も、いつかキョーちゃんみたいに一人暮らしがしてみたい」

うん、と頷いた小巻は顔を上げる。

「今年の目標は決まったわ。高校を卒業したら自立できるように、明日から朝は一人で起きる。そうやって卒業するまで一つひとつ小さな『できる』を増やすの。でも私は何もかも一人でできるわけじゃないから、お母さん以外の協力者も探すのよ。それでね」

ふふっと小さく笑った小巻は、口に手を添える。

「いつか私、萩之助と結婚する」

ええーっ、と郷子は悲鳴をあげた。

周りにいた年配のご常連が迷惑そうにこちらを見たので、郷子は慌ててペコペコ頭を下げてから、小巻の鼻についたクリームをぎゅっとおしぼりで拭き取ってやった。

「一人暮らしは応援するし、私も協力するよ。でも結婚はちょっと早いんじゃない？　まずはお付き合いしてからでしょ」

「あら、キョーちゃんってば、わかったような口をきくじゃない？　もしかして嫉妬《しっと》しているの？」

「嫉妬って、だから話が進みすぎ」

小巻の自由な発想と妄想には呆《あき》れてしまう。

「ところで、キョーちゃんの今年の目標は何？」

「小巻ちゃんとあったかいこたつに入って、プリンアラモードを食べる」

「そんな簡単なのじゃなくて、もっと上を目指すようなことを教えてよ」

いやいや、そんな簡単なことではないでしょ、と郷子は思っていた。

とし子や料理長、それにロクさんのおかげでこの店で働けるようになったことも、戦争孤児の生き残りである真澄と肇二人の話を聞けたことも、郷子にとっては奇跡に近い。もちろん、小巻と出会えたことだってそうだ。

「はいこれ、ウエハース」

近くに来た真澄が、ウエハースが入った小皿を小巻の手のすぐ横に置いた。

「畠山さんの提案を伝えたら、おかみさんが買って来てくれたんです。橋本さん、アイスといっしょに食べてみてください」

「いっしょに？」

ウエハースに触れた小巻は首を傾《かし》げる。

――アイスもプリンも柔らかいものばかりだから、ここに何か、歯ごたえのあるものを加えると、食感が賑やかになっていいかもしれませんね。

――たとえば？

――かりんとうとか、おせんべいとか、風味のあるものがいいかも。

部屋でプリンアラモードを食べた際、郷子は真澄とそんなやり取りをした。

小巻のように目が不自由ならば、食感や嗅覚《きゅうかく》、聴覚などに多く訴えるものがあるほうが、食べていて美味しいだけではなく、楽しいだろうと思ったからだ。

それをおぼえていた真澄がとし子に伝えたのだろう。かりんとうとおせんべいは却下されたようだったが。

さっそくウエハースにアイスを載せて口に入れた小巻は、咀嚼《そしゃく》しながら頰に手を当てる。

「うーん、なめらかなアイスと、サクサクした軽いウエハースの相性はぴったり。キョーちゃんてば、なかなかやるわね」

「畠山さんの分も休憩室にありますから」

「わっ、嬉しい。やった！」

そう言いつつも、郷子は真顔になる。

「あの、ウエハースってどんな味がするんですか。私、食べたことがなくて」

「キョーちゃんは初めて食べるものがいっぱいあるから、楽しみもいっぱいね」

小巻が言うと、真澄も続ける。

「ほんと。新規メニューを考えるときは畠山さんに試食してもらえば、たいていどれも食べたことがないから、かなり新鮮な意見が聞けるって料理長も言ってた」

「新鮮な意見って、ふふっ」

小巻は笑っていたが、そんな彼女を制するように郷子は「ポン」と小巻の肩を叩いた。続けてコホンと咳払《せきばら》いすると、いつか勝に言い返してやろうと準備していた知識を披露する。

「上野に近い浅草は、流れ者や地方出身者の集まる街でもありますから、浅草の味は私のような田舎者が作っているとも言えるんです。あと二階堂さん、私のことを畠山さんと呼ぶのはやめてください。私のことは……」

「はいはい、キョーちゃん」

軽く遮った真澄は店の時計を見た。

「ほら、もうすぐお客さんが大勢来るよ。橋本さん、ゆっくり食べていってくださいね」

厨房の方に戻っていく真澄に、郷子は続く。

「小巻ちゃん、またね」

振り返って言うと、小巻はスプーンを振っていた。

とし子は今日のうちに書類仕事を終えたいのか、会計の台に向かって大急ぎでそろばんを弾いている。

厨房ではフライパンを持った料理長が他のコックたちに調理法を教えているようだった。

そのいちばん前で、勝が真剣なまなざしでメモをとっている。

親から捨て猫のように見放されてしまった郷子だけれど、この店で働いているうちは、彼らや客がいろんなことを教えてくれる。だから郷子もこの先、できる限りこの店で自分なりに踏ん張っていきたいと思い始めていた。

あっ、と声をあげた郷子は胸に手を当てる。

どきどきしていた。

初めてこの店に来たときは信じられなかった話だが、もしかしたら、やっと仲間らしき人たちと出会えたのかもしれない。仕事を楽しいと思える自分に、出会えたのかもしれない。前の職場から死ぬ思いで、どろどろになって逃げてきた果てに、自分が求めていたものを探り当てたのかもしれない。いや、探り当てている途中なのかも——。

そんな予感を抱いたところで、弾けるように開いた扉から客がどっと入ってきた。

主要参考文献

「浅草　戦後篇」堀切直人　右文書院
「浅草の百年　神谷バーと浅草の人びと」神山圭介　踏青社
「地図物語　地図と写真でたどるあの日の浅草―昭和26年から30年代の思い出と出会う」
佐藤洋一　武揚堂編集部　武揚堂
「浅草はなぜ日本一の繁華街なのか」住吉史彦　晶文社
「集団就職　高度経済成長を支えた金の卵たち」澤宮優　弦書房
「もしも魔法が使えたら　戦争孤児11人の記憶」星野光世　講談社

本書は二〇二〇年七月に小社より単行本として刊行されたものです。

Haruki Bunko
ハルキ文庫

ま 16-1

下町《したまち》洋食《ようしょく》バー高野《たかの》 捨《す》て猫《ねこ》のプリンアラモード

著者 麻宮《まみや》ゆり子《こ》

2021年6月18日第一刷発行

発行者 角川春樹

発行所 株式会社角川春樹事務所
〒102-0074 東京都千代田区九段南2-1-30 イタリア文化会館

電話 03(3263)5247(編集)
03(3263)5881(営業)

印刷・製本 中央精版印刷株式会社

フォーマット・デザイン 芦澤泰偉
表紙イラストレーション 門坂 流

ISBN978-4-7584-4410-1 C0193 ©2021 Mamiya Yuriko Printed in Japan
http://www.kadokawaharuki.co.jp/ [営業]
fanmail@kadokawaharuki.co.jp [編集]　ご意見・ご感想をお寄せください。